艺文类聚

与天国的对话

蔺文锐 编著

中华书局

图书在版编目（CIP）数据

与天国的对话: 祭文 / 蔺文锐编著.—北京: 中华书局，
2010.2
（艺文类聚）
ISBN 978 - 7 - 101- 07201 - 3

Ⅰ. 与… Ⅱ. 蔺… Ⅲ. 祭文—作品集—中国—古代
Ⅳ. I262

中国版本图书馆 CIP 数据核字（2010）第 009921 号

书　　名	与天国的对话—— 祭文
编 著 者	蔺文锐
丛 书 名	艺文类聚
责任编辑	宋凤娣
出版发行	中华书局
	（北京市丰台区太平桥西里 38 号 100073）
	http://www.zhbc.com.cn
	E-mail:zhbc@zhbc.com.cn
印　　刷	北京未来科学技术研究所有限责任公司印刷厂
版　　次	2010 年 2 月北京第 1 版
	2010 年 2 月北京第 1 次印刷
规　　格	开本 /630×990 毫米　1/16
	印张 13　插页 2　字数 150 千字
印　　数	1-8000 册
国际书号	ISBN 978 - 7 - 101- 07201 - 3
定　　价	21.00 元

前　言

祭文是一种古老的文体，一般用来寄托追念亲友哀悼丧葬的悲哀之情。祭文的产生与发展与我国古代的祭祀礼仪和丧葬文化关系密切。在古代繁复的礼仪中，祭祀处于十分重要的地位。就国家而言，祭祀是关乎国计民生的大事。"国之大事，在祀与戎"（《左传·成公十三年》），祭天地、祭鬼神、祭山河、祭人鬼，无所不祭。就个人而言，古人"慎终追远"、"事死如事生"，"生，事之以礼；死，葬之以礼，祭之以礼"（《论语·为政》），丧葬十分讲究隆重。丧葬是一个繁缛的过程：初死招魂、哭丧、洗尸、饭含、易服、送魂、停殡、修墓、入殓、吊唁、出殡、下葬、丧服、守孝、扫墓、祭祖等等，其中，不可或缺的重要环节，就是诵读祭祀文字以祭奠亡灵。

祭祀文字，远溯诗歌。春秋之际，《诗经》中的《凯风》、《葛生》、《黄鸟》、《蓼莪》等哀诗，悲切伤痛，传诵于黄河流域。战国以下，屈原的《九歌》、宋玉的《招魂》、景差的《大招》等祭歌，缠绵悱恻，流播于江汉之滨。到了两汉，又有《薤露》、《蒿里》等挽歌，哀音纡徐，声绕闾里。所以清代姚鼐在《古文辞类纂序目》中曾说："哀祭类者，诗有颂，风有黄鸟、二子乘舟，皆其原也。"

古代以散文形式出现的祭文雏形，见于《尚书》中的《周书·金縢》，写周武王病笃，周公旦祷于三王，请以身代，史官纳其祝册于金縢之匮中。虽仍属于祭天祈祷之词，但毕竟悬念生死，情切骨肉，可视为哀祭散文的萌芽之作。唐宋以前，祭文形式多样，有诔、哀、祝、吊、祭诸体。

诔就是最早的祭文。周代统治者为了巩固其宗法礼教制度，特别重视厚葬，王公贵族卿大夫死后，都要在祖庙前举行祭奠仪式，由史官宣读诔辞，以表彰死者功绩，并确定其谥号。儒家又把此种仪礼伦理化、规范化，使之成为中国封建社会传统礼教的重要组成部分。明徐师曾也在《文体明辨序说》中提到："古之诔本为定谥。"据《周礼》郑玄注："诔者，累也，累列生时行迹，读之以作谥。"诔也就成为古代祭文的早期形式。诔由史官操笔，由史官在丧葬仪式中宣读以定谥，内容以颂扬为主；这不仅开后世致祭者当场宣读祭文的先河，并形成古代祭文颂多贬少、溢美讳恶的内容特点。诔，累列德行，也寄托哀情，所谓"诔以陈哀"（《文选·文赋》李善注），形成祭文"凄焉如可伤"（刘勰《文心雕龙·诔碑》）的抒情特征。

私诔出现后，诔逐渐脱离谥法而成为独立的哀悼死者的文体，开始贵贱操笔。但诔还有"贱不诔贵，幼不诔长"（《礼记·曾子问》）的限制，这就形成后世父不祭子、夫不祭妻的传统。即使这种藩篱自汉以后逐渐被打破，但父祭子、夫祭妻的祭文也要倩人宣读。顾炎武《日知录》："父不祭子、夫不祭妻，不但名分有所不当，而以尊临卑，则死者之神亦必不安。故其当祭，则有代之者矣。"《左传·哀公十六年》所载鲁哀公的《孔子诔》是现存最早的诔辞，全文短短数语，辞哀情切，体现了"祭奠之楷，宜恭且哀"（《文体明辨序说》）的特点。因诔辞必经宣读，其中"呜呼哀哉"的呼号语，就成为后世祭文最常用的词汇。

两汉之间，诔辞先后出现，盛极一时。诔辞体例逐渐完善："选言录行，传体而颂文，荣始而哀终。论其人也，暧乎若可觐；道其哀也，凄焉如可伤。"（《文心雕龙·诔碑》）也就是前列小传，记叙死者生平，表示颂扬之意；后写四言诔辞，称誉死者荣耀，寄托哀悼之思。前者为散体，后者为韵体，从而开两千多年来哀祭文韵散结合之先例。

与此同时，由辞赋派生出来的哀辞、吊文，由颂神式祝辞衍生出来的散体祭文也相继出现。哀、吊两体从文辞上说，要求"情主于伤痛，而辞穷乎爱惜"（《文心雕龙·哀吊》）。一般都前有序言，后有韵语，与诔辞近似。所不同的是早期哀辞专门哀悼"童弱夭折、不以寿终者"（晋挚虞《文章流别论》），篇幅较短小。吊文则内容广泛，除了哀悼死者，安慰生者，还兼及凭吊古人古迹，一般篇幅较长。而祝辞，用以"飨天地山川社稷宗庙五祀群身"（《文体明辨序说》），祷告神灵祈求护佑。

　　魏晋时期，出现了很多悼念骨肉、悲痛身世的祭文，四六骈俪，属对用典，格式趋于完备。诔辞有曹植的《王仲宣诔》、颜延之的《陶征士诔》等；哀辞有曹植的《金瓠哀辞》、潘岳的《金鹿哀辞》等；吊文有祢衡的《吊张衡文》、王粲的《吊夷齐文》、陆机的《吊魏武帝文》；还有用辞赋体写的哀悼文，如曹植的《慰子赋》、潘岳的《悼亡赋》、江淹的《伤爱子赋》、庾信的《哀江南赋》等。其中，潘岳"尤善为哀诔之文"（《晋书·潘岳传》）。刘勰对其哀诔之文评价甚高。尤其《金鹿哀辞》，刘勰称为"情洞悲苦，叙事如传"（《文心雕龙·哀吊》）。

　　可见，诔、哀、吊、祝诸体，前序后辞，序叙事，辞抒情；先散后韵，四言为主，兼有四六。而祭文，几乎继承和囊括了诔、哀、吊、祝的全部内容和表现特征。"祭文者，祭奠亲友之辞也。古之祭祀，止于告飨而已。中世以还，兼赞言行，以寓哀伤之义，盖祝文之变也。其辞有韵文，有韵语，有俪语；而韵语之中，又有散文、四言、六言、杂言、骚体、俪体之不同"（《文体明辨序说》）。天地、鬼神、山河，都在祭文祭祀之列，而以祭死者为主。祭文有韵体、散体、赋体和骈体之分。与碑志相比较，祭文主于抒发哀悼之情。

　　正式以"祭文"命名、祭祀亲友的祭文，首推曹操的《祀故太尉桥玄文》。《祀故太尉桥玄文》内容专以悼念死者为主，回忆"临时戏笑之言"，写法打破常规，写出日常细事；收尾又用"尚飨"一词，逐渐成为后代祭文的基本结语。而东晋殷允的《祭徐孺子文》，开头以"惟太元六年龙集荒落冬十月哉生魄，试守豫章太守殷君谨遣左右某甲奉清芗合，一篚单羞，再拜奠汉故聘士豫章徐先生"，点明时间、致祭者、祭品及被祭者，从此成为祭文开篇的固定格式。陶渊明《自祭文》四言韵体，意出尘外。

　　唐宋时期，诔、哀、吊诸体式微，而祭文最为盛行。诔辞与哀辞逐渐合流，如韩愈悼念欧阳詹、柳宗元悼念吕温的文章，既称"诔辞"又称"哀辞"，可见二者基本上已经合流；到了北宋，"南丰（曾巩)、东坡(苏轼)诸老所作,则总谓之哀辞焉"(明吴讷《文章辨体序说》),哀辞终于取代了诔辞的地位。吊文范围也逐步扩大,几乎可以凭吊一切可悲之事,如唐李华的《吊古战场文》。祭文被广泛使用,还出现告、哭、悼、葬、奠、酹、悲等别称。

唐宋可谓祭文发展的高峰期。祭文内容与体例都发生了明显的变化。内容方面,唐代歌功颂德,多属碑碣墓志,而祭文多哀挽之语,情真意切。体例上,受古文运动的影响,祭文骈体消歇,散体勃兴;同时也不再局限于四言,而逐步向骚体、长短句过渡。唐宋名家的祭文之作,数量之多,质量之高,冠于历代。比如韩愈有祭文四十余篇,欧阳修有五十余篇;王安石有三十余篇,苏轼有四十余篇。而篇帙纷陈,美不胜收。其中以散体称誉于世的,有陈子昂的《祭韦府君文》、韩愈的《祭十二郎文》、柳宗元的《祭吕衡州温文》、元稹的《祭亡妻韦氏文》、白居易的《祭浮梁大兄文》、苏轼的《祭文与可文》、王安石的《祭欧阳文忠公文》。以韵文称誉于世的,有李翱的《祭韩侍郎文》、李商隐的《奠小侄女寄寄文》、欧阳修的《祭石曼卿文》、苏辙的《祭亡兄端明文》等。或骈或散,或长或短,情文并茂,独出心裁,往往令人"情往会悲,文来引泣"(《文心雕龙·哀吊》),具有"观风似面,听辞如泣"(《文心雕龙·诔碑》)的艺术魅力。明人吴讷称墓志铭文"古今作者,惟昌黎最高。行文叙事,面目首尾,不再蹈袭"(《文章辨体序说》)。《祭十二郎文》尽脱前人窠臼,因被誉为"祭文中千年绝调"。

元明清为祭文的延续期,间有佳作。以散体著称的,有王守仁的《瘗旅文》、归有光的《祭外姑文》、袁枚的《祭妹文》;以韵体(或骈体)著称的,有汪中的《哀盐船文》。

总之,祭文一般要在祭奠逝者时当场宣读,格式大体固定。如祭文一般以发语词"维"字起笔,点明祭奠的时间、致祭者(有时有代祭者)、祭品及受祭者,即"维某年某月某日某人以某物,祭于某人灵前"。祭文结尾一般结以"呜呼哀哉"的悲号语和"尚飨"的祈求语。祭文主体,或骈或散,或韵或否,精炼赅要,赞颂嘉言德行,表达悲哀沉痛之情。

本书所选祭文，或偏体裁，或偏思想，或偏艺术，均为一时最具特点之作。参考别文，斟酌它作，略作题解，详加注释，兼译白文，以期通晓。时间紧促，谬误难免，方家斧正，文责自负。

　　　　　　　　　　　　　　　　　　蔺文锐

　　　　　　　　　　　　　　　　　　二〇〇九年十二月

目　录

祀故太尉桥玄文

曹 操

【题解】

这篇祭文，是曹操向一位辞世已二十年的故人表达深沉的怀念之情的。曹操平生未尝低人，但对这位故人却始终心系念之。这位故人就是当年对曹操有知遇之恩的东汉名臣太尉桥玄。曹操年轻时，机敏聪颖，但任侠放荡，《三国志》称其"少机警，有权数，任侠放荡，不治行业。"又曹操祖上为宦官养子，为当时士人所鄙视。太尉桥玄却慧眼识才，认为他是安定天下的不世奇才："天下将乱，安生民者，其在君乎！""人莫知者"的曹操由此名声鹊起，曹操也因此而感谢桥玄的知遇之恩。

建安七年（202），四十八岁的曹操击败袁绍，声威大振。当他率领大军经过故乡谯县（今安徽亳县）时，特地去桥玄的墓地祭祀。曹操重申桥公对自己的奖掖与赞赏，"士死知己"的感念之情，真诚深厚，深寓"无有桥公，即无操之今日"之意。

这是第一篇以"祭文"（祀即祭）命名的祭奠文章。首次使用"尚飨"一词作为祭文结语，后代祭文多所沿用，成为基本套语，树规立矩，功不可没。又文中回忆桥玄生前的戏语，在肃然中间有幽默，率真自然，是曹操的独特声口。全文不拘四言，文风平易朴质，挥洒通脱，没有汉末一般文人骈俪的习气，不愧为"改造文章的祖师"（鲁迅《魏晋风度及文章与药及酒之关系》）。

曹操像

　　故太尉桥公①，诞敷明德，泛爱博容②。国念明训，士思令谟③。灵幽体翳，邈哉晞矣④。吾以幼年，逮升堂室⑤，特以顽鄙之姿，为大君子所纳⑥。增荣益观，皆由奖助⑦，犹仲尼称不如颜渊⑧，李生之厚叹贾复⑨。士死知己⑩，怀此无忘。又承从容约誓之言⑪："殂逝之后⑫，路有经由，不以斗酒只鸡过相沃酹⑬，车过三步⑭，腹痛勿怪。"虽临时戏笑之言，非至亲之笃好⑮，胡肯为此辞乎？匪谓灵忿，能贻己疾⑯，旧怀惟顾⑰，念之凄怆。奉命东征，屯次乡里⑱，北望贵土，乃心陵墓⑲。裁致薄奠⑳，公其尚飨㉑！

【注释】

　　①故太尉桥公：桥玄，字公祖，东汉末名臣，官至太尉。《后汉书》有传。张璠《汉纪》："玄历位中外，以刚断称，谦俭下士，不以王爵私亲。光和中为太尉，以久病策罢，拜太中大夫，卒，家贫乏产业，柩无所殡。当世以此称为名臣。"太尉，官职名，掌全国军事大权。东汉时与司徒、司空并称三公。桥玄于汉灵帝光和元年（178）迁太尉。

　　②诞敷明德，泛爱博容：二句赞颂桥玄德行。诞敷，遍布。《尚书·大禹谟》："帝乃诞敷文德，舞干羽于两阶。"明德，本明品德。《尚书·康诰》："惟乃丕显考文王，克明德慎罚。"泛爱，博爱。《论语·学而》："泛爱众，而亲仁。"《史记·淮南衡山列传》："陛下临制天下，一齐海内，泛爱蒸庶，布德施惠。"

　　③国念明训，士思令谟（mó）：二句总括桥玄影响。明训，明确的训诫。《国语·晋语八》："图在明训，明训在威权。"令谟，嘉谋，善策。

　　④灵幽体翳（yì），邈哉晞（xī）矣：桥玄卒于光和六年（183），至建安六年（202），桥玄离世已二十年之久，而曹操怀念之情难忘。幽，阴间。翳，埋葬。晞，晒干。

　　⑤吾以幼年，逮升堂室：指自己青年时就与桥玄亲近交往。升堂

月明星稀，乌鹊南飞。
绕树三匝，何枝可依？
山不厌高，海不厌深。
周公吐哺，天下归心。

——曹操《短歌行》（节选）

室，即升堂入室，比喻亲近的交往。堂室，厅堂和内室。《论语·先进》："由也升堂矣，未入于室也。"皇侃疏："窗、户之外曰堂，窗、户之内曰室。"

⑥特以顽鄙之姿，为大君子所纳：指桥玄慧眼识曹操。《三国志》裴松之注引《魏书》："太尉桥玄，世名知人，睹太祖而异之，曰：'吾见天下名士多矣，未有若君者也！君善自持。吾老矣！愿以妻子为托。'由是声名益重。"顽鄙之姿，愚钝浅陋的资质，曹操自谦之辞。大君子，对桥玄的敬称。纳，接纳，指被赏识。

⑦增荣益观，皆由奖助：表达曹操对桥玄的感激之情。自己的荣誉与身价，都是由获得桥公的奖披赏誉而得以提高的。《三国志》裴松之注引《世语》曰："玄谓太祖曰：'君未有名，可交许子将。'太祖乃造子将，子将纳焉，由是知名。"

⑧犹仲尼称不如颜渊：比喻桥玄像孔子赞赏颜渊一样赏识自己。典出《论语·公冶长》："子谓子贡曰：'女与回也孰愈？'对曰：'赐也何敢望回？回也闻一以知十，赐也闻一以知二。'子曰：'弗如也。吾与女弗知也。'"

⑨李生之厚叹贾复：比喻桥玄像李生赞叹贾复一样称赞自己。典出《后汉书·贾复传》："贾复，字君文，南阳冠军人也。少好学，习《尚书》。事舞阴李生，李生奇之，谓门人曰：'贾君之容貌若此，而勤于学，将相之器也！'"

⑩士死知己：即"士为知己者死"。刘向《战国策·赵策》："士为知己者死，女为悦己者容，吾其报知氏之雠矣。"

⑪从容：悠闲舒缓，不慌不忙。《尚书·君陈》："宽而有制，从容以和。"《史记·梁孝王世家》："上与梁王燕饮，尝从容言曰：'千秋万岁后传于王。'"

⑫殂（cú）逝：逝世。蔡邕《刘镇南碑》："欲报之德，胡不亿年！如何殂逝，孤弃万民！"

⑬斗酒只鸡：谓以鸡和酒祭奠。后常用为悼亡友之辞。苏轼《祭习景纯墓文》："斗酒只鸡，聊写我哀。"沃酹（lèi）：以酒浇地而祭奠。

⑭车过：即车驾路过。后遂以"过车"称过墓致祭或致敬，为祭悼友人之辞。

⑮笃（dǔ）好：极其亲近。

⑯贻（yí）：遗，给。

⑰旧怀惟顾：只是思念旧日情怀。

⑱奉命东征，屯次乡里：曹操"挟天子以令诸侯"，以汉献帝名义，于建安七年（202）征讨袁绍二子袁谭、袁尚残部时，率领军队驻扎在家乡。屯次，屯兵驻扎。乡里，指曹操家乡谯县。

⑲北望贵土，乃心陵墓：《三国志·魏书》："十二月，行自谯过梁，遣使以太牢祀故汉太尉桥玄。"桥玄家乡在睢阳，地处谯县之北，故云"北望"。贵土，对桥玄家乡的敬称。乃心，思念，怀念。

⑳裁致：备送。薄奠：微薄的祭品，是自谦之辞。

㉑尚飨（xiǎng）：意谓希望死者来享用祭品。本之《仪礼·士虞礼》："卒辞曰：'哀子某，来日某隮祔尔于尔皇祖某甫。尚飨！'"古代丧礼，百日祭后，止无时之哭为朝夕一哭，名为卒哭。《礼记·檀弓下》："卒哭曰成事，是日也，以吉祭易丧祭。""卒辞"即卒哭时的哀辞。卒哭之祭有牲馔等祭品，故卒辞末云"尚飨"。尚，希望。飨，享

用。曹操此文首次用此词作祭文结语。

【译文】

　　已故的汉太尉桥公，遍施恩德，仁爱宽容。国家感念您的明智训诫，士人缅怀您的高明谋略。现在，您的灵魂在阴间，躯体埋在土中，离开人世已经很长时间了。我从年轻时候就与您亲近交往，我资质愚钝浅薄，却受到您这位大名人的器重。为我增添了光荣，使我身价见长，全是由于您的襃扬和帮助，您对我襃奖称赞，就像孔子说自己不如颜渊，李生赞叹贾复一样。士为知己者死，我一直记着这句话，不敢忘记。您又曾从容地和我约定："我死之后，你要路过我的坟墓却不以一斗酒一只鸡来祭祀我，车过三步，你肚子疼痛，可不要怨恨怪罪我啊！"这虽然是当时开玩笑的话，但如果不是最亲密的朋友，又怎么会说这样的话呢？我现在祭祀您，并非怕不祭祀会让您生气、使我生病，而是怀念从前的老交情，想起来就凄伤怆然啊！我现在奉命东征，驻扎在我的家乡，向北望着您的故乡，心中想着您的坟茔。致送菲薄的祭品，希望您来享用吧！

5

金鹿哀辞

潘 岳

【题解】

哀辞是专门哀悼"童弱夭折、不以寿终者"（晋挚虞《文章流别论》）的祭文。一般前序后辞，韵散兼行，与诔辞近似。主要抒发"情主于伤痛，而辞穷乎爱惜"（《文心雕龙·哀吊》）的惋惜悲伤之情。

潘岳"美姿仪，词藻绝丽，尤善为哀诔之文"（《晋书·潘岳传》）。刘勰称潘岳哀诔之作空前绝后："虑赡辞变，情洞悲苦，叙事如传，结言摹诗，促节四言，鲜有缓句。故能义直而文婉，体旧而趣新，金鹿泽兰，莫或之继也。"（《文心雕龙·哀吊》）

潘岳人届中年，贤妻过世，幼子频丧。元康二年（292），嫡子生不足三月而夭折，时潘岳年四十六岁；六年之后，潘岳妻杨氏卒于晋惠帝元康八年（298），潘岳年五十二岁，他接连写下《伤弱子辞》和《悼亡诗》以寄悲哀之思。不料时过不久，爱女金鹿又夭亡过世。接二连三的打击，痛苦难以承受之重，令潘岳悲痛欲绝，哀毁至身，人称"沈腰潘鬓消磨"。所谓"善为哀诔之文"，其实是字字饱含哀悼亲人的血泪啊！

潘岳长于抒情，的确是作哀诔之辞的圣手。《金鹿哀辞》全文仅十八句，凡七十二字，却内容丰瞻，词藻优美，叙悲写情，极为哀婉。抒发惨恻哀痛之情，而善用比喻，比喻形象新颖，含义蕴藉，可谓"义直而文婉"。全篇体制如旧，而摹写幼女情貌，意趣弥新，可谓"体旧而趣新"。全文四言韵文，音节和谐而激昂急促，正如刘勰所云"促节四言，鲜有缓句"，表现出亲人频丧难以抑止的悲恸激慨之情。又结语"将反如疑，回首长顾"，充满迷惘、怅然之情，言短情长，所谓"结言摹诗"，含不尽之意于言外，的确有诗的韵味和情致。

嗟我金鹿，天资特挺①。鬒发凝肤，蛾眉蛴领②。柔情和泰，朗心聪警③。呜呼上天，胡忍我门④。良嫔短世，令子夭昏⑤。既披我干，又翦我根⑥。块如瘣木，枯荄独存⑦。捐子中野，遵我归路⑧。将反如疑，回首长顾⑨。

【注释】

①嗟我金鹿，天资特挺：二句叹息女儿金鹿天资秉赋。金鹿，潘岳的女儿。特挺，特出卓异。

②鬒（zhěn）发凝肤，蛾眉蛴（qí）领：二句形容女儿秀美。鬒发，稠美的黑发。语出《诗经·鄘风·君子偕老》："鬒发如云，不屑髢也。"张衡《西京赋》："卫后兴于鬒发，飞燕宠于体轻。"凝肤，皮肤白皙润泽，像凝冻的脂膏。蛾眉，眉毛弯曲细长，如同蚕蛾的触须。蛴领，脖颈像天牛一样丰洁修长。语出《诗经·卫风·硕人》："肤如凝脂，领如蝤蛴，齿如瓠犀，螓首蛾眉。"

③柔情和泰，朗心聪警：二句形容亡女性情。朗心，明朗的心。聪警，聪敏机灵。

④呜呼上天，胡忍我门：写哀号

清沙馥《芭蕉美人图》

长恸、痛苦至极的绝望之情。忍，不慈，残忍。贾谊《新书·道术》："恻隐怜人谓之慈，反慈为忍。"

⑤良嫔短世，令子夭昏：二句言妻子、儿子相继去世。潘岳嫡子生不足三月而夭折于元康二年（292），潘岳亡妻杨氏卒于晋惠帝元康八年（298），潘岳作《伤弱子辞》和《悼亡诗》以寄哀悼之情。良嫔，犹贤妻，古代称过世的妻子为嫔。《礼记·曲礼》："生曰父、曰

母、曰妻，死曰考、曰妣、曰嫔。"短世，短命。令子，爱子。夭昏，幼年夭折。《左传·昭公十九年》："寡君之二三臣，札瘥夭昏。"疏云："子生三月，父名之；未名之曰昏，谓未三月而死也。"

⑥既披我干，又翦我根：二句比喻妻亡子夭。披，裂折。干，比喻亡妻。翦，剪除。根，比喻亡子。

⑦块如瘣（huì）木，枯荄（gāi）独存：二句形容块然孑立，孤独无依。病木枯根不会再生枝叶，难以久存，表达自己无意于人世的哀痛之情。块，孤独。瘣木，病萎黄无枝叶的树木。徐幹《中论·艺纪》："木无枝叶，则不能丰其根干，故谓之瘣。"枯荄，干枯的根。潘岳《悼亡诗》其三："落叶委埏侧，枯荄带坟隅。"

⑧捐子中野，遵我归路：指将亡女葬毕将返。捐，弃。中野，田野之中。遵，沿着。《诗经·豳风·七月》："女执懿筐，遵彼微行。"

⑨将反如疑，回首长顾：二句写内心恍惚、不忍离去的凄迷之情。如疑，语出《礼记·问伤》："故其往送也如慕，其反也如疑。"郑玄注："慕者，以其亲之在前；疑者，不知神之来否。"顾，回头看。潘岳《伤弱子辞》："奈何兮弱子，邈弃尔兮丘林。还眺兮坟瘗，草莽莽兮木森森。"

【译文】

可怜我的金鹿，天资特出卓异。她有稠美的黑发和白润的肌肤，眉毛细长，脖颈白皙。性情温柔，平和乖巧，心地明朗，聪明机灵。唉呀！上天！为何对我潘氏一门这样残忍！贤妻短命而亡，爱子幼年夭折。妻亡既裂折了我潘家的树干，子夭又剪断了我潘家的树根。我孤独一身如同枯干无叶的朽木，只有干枯的树根还活着。将你埋葬在田野之中，我要走向回家的路。转身将要离开之际，内心恍惚迷惘，不知你的魂灵在否，忍不住回头久久地注视。

自 祭 文

陶渊明

【题解】

宋文帝元嘉四年（427），陶渊明作《自祭文》，是自忖将永归于后土时所作，与中年所作《拟挽歌辞》之诙谐不同。临终留遗言的先例，检《左传》可见；魏晋文人自挽之习，亦见于缪袭陆机之《挽歌诗》。然而死前自作祭文，设想自己已死而祭吊之，却自陶渊明始。

陶渊明一生贫病交加，偃卧瘠馁。面对死亡，陶渊明确实有汉末文人及阮籍一样的痛苦、疑惧，然而在死神逼近之际，却洞穿生死，获得澄明。他平静地追忆自己的一生：有贫困，有孤独，更有属于自己的欢乐；虽然生之痛，死之念，坦然与悲怆、释怀与留恋、牵念与歉疚等种种思虑依然深沉留存心底，然通达、彻悟、乐天知命，让他不仅成为真正意义上的智者，而且心中充满欣慰，一片宁静。即使心中仍有"人生实难，死如之何"的哀伤，却又是大彻大悟后的哀伤。陶渊明以其睿智、从容、自然、冷静，站在魏晋精神的高峰。正如苏东坡所说："读渊明《自祭文》，出妙语于纩息之余，岂涉生死之流哉！"

《自祭文》是陶渊明自己的安魂曲，深邃、沉潜、安详，只有怀有大爱者，对死方能如此深情。梁启超说："若文学家临死留下很有理趣的作品，除渊明外没有第二位哩。"

岁惟丁卯①，律中无射②。天寒夜长，风气萧索③。鸿雁于征，草木黄落④。陶子将辞逆旅之馆⑤，永归于本宅⑥。故人凄其相悲，同祖行于今夕⑦。羞以嘉蔬⑧，荐以清酌⑨。候颜已冥，聆音愈漠⑩。

南宋无名氏《陶渊明归去来兮图》之陶渊明行走图

【注释】

①丁卯：指宋文帝元嘉四年（427）。此文作于是年秋，不久陶渊明即去世。颜延之《靖节征士诔》："元嘉四年卒。"

②律中（zhòng）无射（yì）：指农历九月。古人把乐律分为十二，并以十二律配一年之十二月，无射与九月相当。《礼记·月令》："季秋之月，……其音商，律中无射。"

③萧索：萧条，冷落。江淹《别赋》："秋日萧索，浮云无光。"

④鸿雁于征，草木黄落：以秋寒萧索之景，写气氛凄凉。陶渊明《酬刘柴桑》："门庭多落叶，慨然知已秋。"鸿雁，大雁。征，行，这里指飞过。

⑤逆旅之馆：以旅舍比喻世间，人生如过客，写出旷达与超脱。陶渊明《杂诗》其七："家为逆旅舍，我如当去客。"《荣木》："人生若寄，颠顿有时。"

⑥永归于本宅：指委运自然，视死如归。本宅，指自然。陶渊明《与子俨等疏》："天地赋命，生必有死。自古圣贤，谁能独免。"《归园田居》其四："人生似幻化，终当归空无。"《拟挽歌辞》其三："死去何所道，托体同山阿。"颜延之《靖节征士诔》："年在中身，疢维痁疾。视化如归，临凶若吉。"

⑦故人凄其相悲，同祖行于今夕：此句想象自己即将辞世，亲友悲恸致祭的情景。陶渊明《拟挽歌辞》其一："昨暮同为人，今旦在鬼

录。……娇儿索父啼，良友抚我哭。"故人，指亲友。祖行，指死者将葬时之祭。

⑧羞：进献，这里指供祭。陶渊明《拟挽歌辞》其二："肴案盈我前，亲旧哭我傍。"

⑨荐：进献。《周礼·天官·庖人》："共王之膳与其荐羞之物。"郑玄注："荐，亦进也。备品物曰荐，致滋味乃为羞。"清酌：清酒。陶渊明《拟挽歌辞》其二："春醪生浮蚁，何时更能尝？"

⑩候颜已冥，聆音愈漠：从死者立言，想象自己临终时的所见所闻，意谓察望周围人之面孔已经模糊，聆听周围人之声音愈益稀微。陶渊明《拟挽歌辞》其一："欲语口无音，欲视眼无光。"候，伺望。冥，昏暗，模糊不清。聆，听。漠，通"寞"，寂静无声。此段以散句设想自己临死、亲故祭奠。

【译文】

丁卯年九月，天气寒冷，秋夜漫长，景象萧条冷落，大雁南飞，草木枯黄凋零。陶子我将要辞别这暂时寄居的人世，永远归于自然。亲友们凄伤悲哀，今晚一道来祭奠我的亡灵，为我送行。他们为我供上鲜美的菜蔬，斟上清醇的美酒。我看见眼前人们的脸庞渐渐模糊，周围人们的声音听起来愈益稀微。

呜呼哀哉！茫茫大块①，悠悠高旻②。是生万物，余得为人③。自余为人，逢运之贫④。箪瓢屡罄⑤，绤绤冬陈⑥。含欢谷汲，行歌负薪⑦。翳翳柴门，事我宵晨⑧。春秋代谢⑨，有务中园⑩。载耘载籽⑪，乃育乃繁⑫。欣以素牍⑬，和以七弦⑭。冬曝其日⑮，夏濯其泉⑯。勤靡余劳，心有常闲⑰。乐天委分，以至百年⑱。

【注释】

①大块：指大地。《庄子·大宗师》："夫大块载我以形，劳我以生，扶我以老，息我以死。"陶渊明《感士不遇赋》："咨大块之受

气,何斯人之独灵。"

②高旻(mín):高天。

③是生万物,余得为人:天地化生万物,而我幸而得为人。是,此,指天地,大自然。《高士传·荣启期》:"天生万物,惟人为贵,吾得为人矣,是一乐也。"

④逢运之贫:指遭遇贫寒的命运。陶渊明《有会而作》:"弱年逢家乏,老至更长饥。"陶渊明《饮酒》其十一:"屡空不获年,长饥至于老。虽留身后名,一生亦枯槁。"

⑤箪(dān)瓢屡罄(qìng):饭碗水瓢里常常空无一物。陶渊明《五柳先生传》:"短褐穿结,箪瓢屡空。"箪,盛饭的圆形竹器。罄,空。

⑥绨(chī)绤(xì)冬陈:指冬天犹穿夏衣。陶渊明《怨诗楚调示庞主簿邓治中》:"夏日长抱饥,寒夜无被眠。"绨,细葛布。绤,粗葛布。陈,设,列,这里指穿。

⑦含欢谷汲,行歌负薪:指甘于贫穷勤劳的生活,安贫乐道。陶渊明《咏贫士》其五:"贫富常交战,道胜无戚颜。"谷汲,在山谷中取水。《汉书·地理志下》:"土狭而险,山居谷汲。"行歌,边走边唱。负薪,背着柴禾。陶渊明《庚戌岁九月中于西田获早稻》:"晨出肆微勤,日入负禾还。"

⑧翳翳(yì)柴门,事我宵晨:甘于隐居柴门之下,日复一日,料理生活。翳翳,昏暗的样子。陶渊明《癸卯岁十二月中作与从弟敬远》:"凄凄岁暮风,翳翳经日雪。"柴门,用树条编扎的门,指屋舍简陋。陶渊明《癸卯岁始春怀古田舍》其二:"长吟掩柴门,聊为陇亩民。"事,做。宵晨,早晚。陶渊明《与殷晋安别》:"负杖肆游从,淹留忘宵晨。"

⑨代谢:相互更替。陶渊明《饮酒》其一:"寒暑有代谢,人道每如兹。"

⑩务:指从事农活。中园:园中,指田园。

⑪载:又,且。耘:除草。籽:在苗根培土。

⑫乃育乃繁:谓作物不断滋长繁育。乃,就。

⑬素牍（dú）：指书籍。陶渊明《读山海经》其一："既耕亦已种，时还读我书。"《五柳先生传》："好读书，不求甚解。每有会意，便欣然忘食。"

⑭七弦：指七弦琴。陶渊明《和郭主簿》："息交游闲业，卧起弄书琴。"

⑮曝（pù）：晒。

⑯濯（zhuó）：洗涤。陶渊明《归园田居》其五："山涧清且浅，可以濯我足。"

⑰勤靡余劳，心有常闲：虽然辛勤耕作，不遗余力，却不必为俗事操劳，常可保持心情闲静。靡，无。常，恒久。陶渊明《归园田居》其一："户庭无尘杂，虚室有余闲。"

⑱乐天委分，以至百年：指乐天知命，终此一生。乐天，乐从天道的安排。委分，听任天命的安排。《易·系辞上》："乐天知命，故不忧。"陶渊明《归去来兮辞》："聊乘化以归尽，乐天知命复奚疑？"

渊明涉园图

【译文】

唉！悲痛啊！苍茫大地，悠远高天，天地生万物，我也幸得降生为人。自从我降生，就遭遇到家境贫困的命运。饭碗水瓢里常常是空无一物，冬天里还穿着夏季的葛布衣服。可我仍怀着欢快的心情去山谷中汲水，背着柴禾时还一路边走边唱。昏暗简陋的茅舍中，一天到晚我忙碌不停。春去秋来，在田园里干活，又是除草又是培土，作物不断滋生繁衍。捧起书籍，心中欣欢；弹起琴弦，一片和谐。冬天晒晒暖阳，夏天沐浴清泉。辛勤耕作，不遗余力，心中闲静，自在悠闲。乐从天道的安排，听任命运的支配，就这样度过一生。

惟此百年，夫人爱之①。惧彼无成，惕日惜时②。存为世珍，殁亦见思③。嗟我独迈，曾是异兹④。宠非己荣，涅岂吾缁⑤？捽兀穷庐，酣饮赋诗⑥。识运知命，畴能罔眷⑦？余今斯化，可以无恨⑧。寿涉百龄⑨，身慕肥遁⑩。从老得终⑪，奚所复恋。寒暑逾迈，亡既异存⑫。外姻晨来⑬，良友宵奔。葬之中野⑭，以安其魂。窅窅我行，萧萧墓门⑮。奢耻宋臣，俭笑王孙⑯。廓兮已灭，慨焉已遐⑰。不封不树⑱，日月遂过。匪贵前誉，孰重后歌⑲。人生实难，死如之何⑳？呜呼哀哉！

【注释】

①惟此百年，夫人爱之：指世人都爱惜生命，乐于长生。陶渊明《九日闲居》："世短意恒多，斯人乐久生。"陶渊明《饮酒》其三："所以贵我身，岂不在一生。"

②惧彼无成，惕（kài）日惜时：意谓人生不过百年，而世人贪有成。陶渊明《饮酒》其三："一生复能几？倏如流电惊。鼎鼎百年内，持此欲何成？"彼，指人生一世。惕，贪恋。

③存为世珍，殁亦见思：指世人希望生前死后都为人所尊重怀念。自"惟此百年"至此，均是世俗之想。存，指在世之时。见思，被思念。

④嗟我独迈，曾是异兹：指唯独我特立独行，竟然不同于世俗之想，追求不悖于物、不违于心、适情适性的生活方式。陶渊明《拟古》其二："不学狂驰子，直在百年中。"独迈，独行，自行其是。曾，乃，竟。兹，这，指众人的处世态度。

⑤宠非己荣，涅（niè）岂吾缁（zī）：我不以受到宠爱为荣耀，污浊的社会岂能把我染黑。陶渊明《咏贫士》其四："好爵吾不荣，厚馈吾不酬。"《和刘柴桑》："去去百年外，身名同翳如。"涅，染。缁，黑。《论语·阳货》："不曰白乎？涅而不缁。"

⑥捽（zuó）兀穷庐，酣饮赋诗：陶渊明《五柳先生传》："酣觞赋诗，以乐其志。"捽兀，挺拔的样子，这里形容意态高傲。

⑦识运知命，畴能罔眷：即使识运知命的人，谁能不眷恋人生？畴，谁。罔，无。眷，留恋。

⑧余今斯化，可以无恨：现在死去，也可以无所憾恨了。表现面对死亡的理性和生命回归自然的淡定。陶渊明《神释》："纵浪大化中，不喜亦不惧。应尽便须尽，无复独多虑。"化，物化，指死去。

⑨寿涉百龄：指活到老年。陶渊明《饮酒》其十五："宇宙一何悠，人生少至百。"涉，及，到。百龄，百岁，这里指老年。

⑩身慕肥遁：自己向往退隐。身，自身，自己。肥遁，指隐逸。《周易·遁卦》："上九，肥遁，无不利。"孔颖达疏："无应于心，心无疑顾，是遁之最优，故曰肥遁。"

⑪从老得终：谓以年老而得善终。嵇康《养生论》："从衰得白，从白得老，从老得终。"

⑫寒暑逾迈，亡既异存：指如同寒暑消逝不复再来，死生既异，死后亦不能复生。逾迈，前行。《尚书·秦誓》："我心之忧，日月逾迈，若弗云来。"

⑬外姻：指母族或妻族的亲戚。这里泛指亲戚。

⑭葬之中野：指亲友把自己安葬在荒野之中。《周易·系辞下》传："古之葬者，厚衣之以薪，葬之中野，不封不树，丧期无数。"

⑮窅窅（yǎo）我行，萧萧墓门：想象自己乍离人世恍惚入葬的凄清场景。陶渊明《拟挽歌辞》其三："荒草何茫茫，白杨亦萧萧。"窅

窅，遥远的样子。

⑯奢耻宋臣，俭笑王孙：指以宋臣那样奢侈的墓葬为耻，为王孙过于简陋的墓葬而感到可笑，意谓自己墓葬不奢不俭。陶渊明《拟挽歌辞》其一："魂气散何之？枯形就空木。"宋臣，指宋国桓魋。《孔子家语》："孔子在宋，见桓魋自为石椁，三年而不成，工匠皆病，夫子愀然曰：'若是其靡也。'"《汉书·杨王孙传》载杨王孙临死前嘱咐子女："死则为布囊盛尸，入地七尺，既下，从足引脱其囊，以身亲土。"

⑰廓兮已灭，慨焉已遐：指死后一切变为空虚遐远。廓，空虚。遐，远，指死者远逝。

⑱不封不树：不堆土做坟，不在墓边植树。《礼记·王制》："庶人县封，葬不为雨止，不封不树。"

⑲匪贵前誉，孰重后歌：陶渊明《拟挽歌辞》其一："千秋万岁后，谁知荣与枯？"《怨诗楚调示庞主簿邓治中》："吁嗟身后名，于我若浮烟。"匪，同"非"。前誉，生前的美誉。孰，谁。后歌，死后的歌颂。

⑳人生实难，死如之何：生即飘荡、流浪，永远的止歇是否就回到了本根？《左传·成公二年》："人生实难，其有不获死乎！"《后汉书·逸民传》："吾已知富不如贫，贵不如贱，但未知死何如生耳。"陶渊明《饮酒》其十一："死去何所知，称心固为好。"

【译文】

这人生一世，人人都爱惜它。唯恐一生不能有所成就，所以都格外珍惜时光。世人都想生前为人所尊重，死后被人所思念。可叹我自己特立独行，竟是与众不同。我不以受到宠爱为荣耀，污浊的社会岂能把我染黑？身居陋室，意气傲然，酣畅饮酒，尽兴赋诗。即便识运知命，谁能不眷恋人生？今日我这样死去，可说是没有遗憾了。我已至老年，一心依恋着退隐的生活。既以年老而得善终，还有什么值得留恋？寒来暑往，死生异境。亲戚们清晨便来吊唁，好友们连夜前来奔丧。将我葬在荒野之中，让我的灵魂得以安宁。我走向幽冥，越行越远，萧萧的风声吹拂着墓门。我羞于像春秋时宋国桓魋的墓葬那样奢侈，也不会像汉代杨王孙的墓葬那样过于简陋。墓地空阔，万事已灭，可叹我已远逝，一切空虚。我死后既不垒高坟，也不在墓边植树，时光自会流逝。既不看重生前的赞誉，谁还会在意死后的歌颂？人生之路实在艰难，人死之后又会怎样呢？唉，悲痛啊！

陶征士诔

颜延之

【题解】

颜延之小陶渊明二十岁，为陶渊明交好甚深的忘年之交。陶谢二人于义熙十一年（415）、元嘉元年（424）曾两度相聚，结邻欢会，情款日密。颜延之的《陶征士诔》，是认识陶渊明的人描写陶渊明的唯一今存文献，具有珍贵的历史、思想和文学价值。

作忠烈人诔文出色易，作恬退人诔文出色难。陶靖节胸怀高迈，性情潇洒，颜延之能以静气传之。诔文骨劲色苍，追念往昔，知己情深；渊明幽闲贞静之致，宣露行间。

本篇不仅承继秦汉"古诔本为定谥"的传统，更兼魏晋诔辞长于抒情的特色。诔文记叙渊明的生平，反复称颂渊明的德行，并"读诔定谥"，谥渊明"靖节"以为表彰颂扬；同时追忆昔日"宵盘昼憩"的相契，追记"举觞相诲"的肺腑之言，抒写极其哀痛的恻惜悼念之情，可谓"论其人也，暧乎若可觌；道其哀也，凄焉如可伤"（《文心雕龙·诔碑》）。诔辞前序后诔，前面散体小传，后面四言诔辞。韵散兼行，诔德以抒情，俪辞隶典，绮丽而自然。颜延之"文章之美，冠绝当时"（《宋书·颜延之传》），于本文可见一斑。

颜延之少孤贫，好饮酒，与陶渊明有同调之好。然而为人激直，"性既偏激，兼有酒过，肆意直言，曾无回隐，故论多不与之"（《南史·颜延之传》）。本文质疑"天道无亲，常与善人"的古训，既是对于时代轻德才而重门爵的批评，更寓其身世磊落之慨。

夫璇玉致美，不为池隍之宝①；桂椒信芳，而非园林之实②。岂其深而好远哉，盖云殊性而已③。故无足而至者，物之藉也④；随踵而立者，人之薄也⑤。若乃巢、高之抗行，夷、皓之峻节⑥，故已父老舜、禹，锱铢周汉⑦。而绵世浸远，光灵不属⑧，至使菁华隐没，芳流歇绝⑨，不其惜乎！虽今之作者，人自为量⑩，而首路同尘、辍涂殊轨者多矣⑪。岂所以昭末景、泛余波⑫？

【注释】

①夫璇（xuán）玉致美，不为池隍之宝：极美的玉石，不是城市里的宝贝。璇玉，美玉。璇，也作"旋"。《山海经》："升山，黄酸之水出焉，其中多旋玉。"致，极。池隍，古代掘土筑城，城下之地，有水称池，无水称隍，因借指城市。

②桂椒信芳，而非园林之实：桂树和山椒的确芳香，却不是园林里出产的。桂椒：肉桂及山椒。泛指高级香料。《山海经》云"招摇之山多桂"、"琴鼓之山多椒"。《尸子》卷下："楚人卖珠于郑者，为木兰之椟，熏以桂椒，缀以玫瑰，辑以翡翠，郑人买其椟而还其珠。"信，确实。

③岂其深而好远哉，盖云殊性而已：以璇玉桂椒作比，具有特殊习性的美玉香物不生长在普通的环境，正如品行特殊高洁的人，远离尘世而隐居。殊性，特殊的性质。《庄子·秋水》："鸱鹓夜撮蚤，察毫末，昼出瞋目而不见丘山，言殊性也。"

④故无足而至者，物之藉也：珠玉凭藉进贡才可得到。无足而至，指代珠玉。语出《韩诗外传》："晋平公游于西河而乐，曰：'安得贤士与之乐此也？'船人盍胥跪而对曰：'主君亦不好士耳。夫珠出于江海，玉出于昆山，无足而至者，由主君之好也。士有足而不至者，盖主君无好士之意耳。何患于无士乎？'"藉，进贡。吴均《续齐谐记》："无以藉君，与君相忆也。"

⑤随踵而立者，人之薄也：百世一出的圣人是少而又少的。随踵而立，指代圣人。语出《战国策·齐策》："千里而一士，是比肩而立；百世而一圣，是随踵而至也。今子一朝而见七士，则士不亦众乎？"踵，脚后跟。薄，少。

⑥若乃巢、高之抗行，夷、皓之峻节：二句标举传说中的高士。

陶征士诔

用陶渊明《感士不遇赋并序》"故夷、皓有安归之叹"之意。巢，指传说中尧时的隐士巢父。高，传说中禹时的隐者伯成子高。夷，伯夷，殷周之际的人，与其弟叔齐反对周武王伐，隐于首阳山，不食周粟而死。皓，指四皓，汉初隐居在商山的四个隐士，不应高祖刘邦的征召，因四人须眉皆白，人称商山四皓。抗行，坚持高尚的行为。《九章·哀郢》："尧舜之抗行兮，瞭杳杳而薄天。"峻节，高尚的节操。陶渊明《饮酒》其二："不赖固穷节，百世当谁传。"颜延之《秋胡》诗："峻节贯秋霜，明艳侔朝日。"

⑦故已父老舜、禹，锱铢（zī zhū）周汉：把舜、禹视为普通父老百姓，把周朝、汉朝看得和锱铢一样轻微。指淡泊功名利禄。父老舜、禹，语出《后汉书·郅恽列传》："郅恽谓友人曰；'鸟兽不可与同群，子以我为伊、吕乎？将为巢、许，而父老尧、舜乎？'"锱铢，古代计量单位，六铢为一锱，四锱为一两。这里表示极其轻微。语出《礼记·儒行》："孔子曰：'儒有上不臣天子，下不事诸侯，虽分国如锱铢，有如此者。'"郑玄注："虽分国以禄之，视之轻如锱铢矣。"

⑧而绵世浸远，光灵不属：过去的时代逐渐久远，隐士的美德无人继承。绵世，连绵的世代。浸，逐渐。光灵，德化，恩泽。指隐士

元钱选《归去来图》

的美德。《东观汉记·东平宪王苍传》："上赐东平王苍书曰：'岁月骛过，山陵浸远。今鲁国孔氏尚有仲尼车与冠履，明德盛者，光灵远也。'"不属，不相连属，指传统断绝而无人继承。

⑨至使菁华隐没，芳流歇绝：隐士的高尚传统已经消歇。菁华，通"精华"，指隐士的高尚节操。芳流，美好的传统。

⑩虽今之作者，人自为量：当今的隐士自我满足。作者，隐者。语出《论语·宪问》："子曰：'贤者避世，其次避地，其次避色，其次避言。'子曰：'作者七人矣。'"为量，以为限度，指满足于已有的成就。

⑪而首路同尘、辍涂殊轨者多矣：指开始选择归隐后来却半途而废的人很多。同尘，指归隐，语出《老子》："和其光，同其尘。"辍涂殊轨，半途而废，走不同的道路。语出陆机《侠邪行》："将遂殊涂轨，要子同归津。"

⑫岂所以昭末景、泛余波：自"虽今之作者"至此，批评当世自诩为高洁的隐士却常常半途而废，只能算是古代隐逸传统的末景余波罢了。反衬下文陶渊明的高风亮节。余波，《尚书》："余波入于流沙。"

【译文】

　　璇玉尽善尽美，却不是出现在城市中的宝贝；肉桂山椒确实芳香，却不是园林里出产的物资。难道是璇玉、桂椒这些东西喜欢生长在幽深遥远的地方吗？只不过是它们有特殊的习性罢了。所以珠玉是靠进贡才能得到的东西，而百世一出的圣人，是少之又少的。至于说坚持高尚行为的巢父、子高，有高尚节操的伯夷、四皓，就已经把舜、禹看得同父老百姓一样普通，把周朝、汉朝看得和锱铢一样轻微。然而过去的时代已经久远，隐士的美德无人继承，致使隐士的高尚节操隐蔽消失，美好的传统消歇断绝，这不是很可惜吗！现在的隐者，人人自视甚高，即便如此，刚开始一同走上隐士之路却半途而废的人也是很多的。这连发扬前贤的末景余波都算不上吧？

　　有晋征士浔阳陶渊明，南岳之幽居者也①。弱不好弄，长实素心②。学非称师，文取指达③。在众不失其寡，处言愈见其默④。少而贫病，居无仆妾⑤。井臼弗任，藜菽不给⑥。母老子幼，就养勤匮⑦。远惟田生致亲之议，追悟毛子捧檄之怀⑧。初辞州府三命，后为彭泽令⑨。道不偶物，弃官从好⑩。遂乃解体世纷，结志区外⑪，定迹深栖，于是乎远⑫。灌畦鬻蔬，为供鱼菽之祭⑬；织绚纬萧，以充粮粒之费⑭。心好异书，性乐酒德⑮。简弃烦促，就成省旷⑯。殆所谓国爵屏贵、家人忘贫者与⑰？有诏征为著作郎，称疾不到⑱。春秋若干⑲，元嘉四年月日卒于寻阳县之某里⑳。近识悲悼，远士伤情。冥默福应，呜呼淑贞㉑！夫实以诔华，名由谥高㉒，苟允德义，贵贱何算焉㉓。若其宽乐令终之美、好廉克己之操㉔，有合谥典㉕，无愆前志㉖。故询诸友好，宜谥曰靖节征士㉗。其辞曰：

【注释】

　　①有晋征士浔阳陶渊明，南岳之幽居者也：二句言陶渊明的时

代、籍贯、身份，暗寓赞美其节操之意。晋安帝义熙元年（405）陶渊明弃官归隐浔阳。征士，不就朝廷征辟的士人。陶渊明于晋安帝义熙十四年（418）被征为著作郎，辞不就职。陶渊明本处于晋宋易代之际，颜延之称其为"晋征士"，是表扬其贞节。之后征士成为征诏不就者的通称。浔阳，陶渊明为浔阳柴桑（今江西九江）人。南岳，这里指庐山。陶渊明《述酒》："素砾皛修渚，南岳无余云。"幽居，深居，即隐居。陶渊明《答庞参军》："我实幽居士，无复东西缘。"

②弱不好弄，长实素心：二句言其性情。弱不好弄，语出《左传·僖公九年》："夷吾弱不好弄，长亦不改。"弱，幼年。弄，嬉戏。长，成年。素心，淳朴心灵。陶渊明《移居》："闻多素心人，乐与数晨夕。"

③学非称师，文取指达：二句言其学问。称师，标榜师法。指达，指只求达意，不尚文采。指，同"旨"。

④在众不失其寡，处言愈见其默：二句言其品性。寡，指耿介拔俗的操守。默，沉静。

⑤少而贫病，居无仆妾：二句言其生活。陶渊明生活贫困，《自祭文》云："自余为人，逢运之贫。箪瓢屡罄，绤绤冬陈。"居无仆妾，语出《后汉书·黄香传》："香家贫，内无仆妾。"

⑥井臼弗任，藜菽不给（jǐ）：二句言其生活之艰苦。井臼，语出《列女传》："亲操井臼，不择妻而娶。"井，汲水。臼，舂米。藜，野菜。菽，豆类。不给，不能供给。

⑦母老子幼，就养勤匮：陶渊明嫡母孟氏卒于隆安五年（401），时陶渊明三十七岁。陶渊明有五子：俨、俟、份、佚、佟。就养，侍奉父母。《礼记·檀弓上》："事亲有隐而无犯，左右就养无方。"勤，辛勤。匮，缺乏。

⑧远惟田生致亲之议，追悟毛子捧檄之怀：二句用田过、毛义典故，指陶渊明为亲为贫而出仕。田生致亲，典出《韩诗外传》，齐宣王问田过，君与父孰重？田过答以父重。宣王问，为何士去亲而事君？田过答："非君之土地无以处吾亲，非君之禄无以养吾亲，非君之爵无以尊显吾亲。受之于君，致之于亲。凡事君，以为亲也。"致亲，

得到俸禄以侍养双亲。毛子捧檄，事见《后汉书》卷三十九，庐江毛义，少节家贫，以孝行称。官府征为守令，捧檄而喜；及母死，去官归家，屡辞征召。张奉叹曰："贤者固不可测，往日之喜，为亲屈也。"檄，官府征召的文书。

⑨初辞州府三命，后为彭泽令：指陶渊明屡辞征召，后于义熙三年（407）任彭泽令。

⑩道不偶物，弃官从好：二句言因性格不合而弃官归隐。陶渊明《归去来兮辞》云："彭泽去家百里"，"眷然有归欤之情，何则？质性自然，非矫厉所得"，"尝从人事，皆口腹自役，于是怅然慷慨，深愧平生之志"，"自免去职"。偶物，与世相合。从好，即"从吾所好"，语出《论语·述而》："子曰：'富而可求也，虽执鞭之士，吾亦为之，如不可求，从吾所好。'"

⑪遂乃解体世纷，结志区外：二句言陶渊明离开纷扰的官场，专心致志于隐居生活。解体，厌倦，灰心。世纷，世俗的纷扰。嵇康《幽愤诗》："世务纷纭。"结志，专一志向。区外，人世之外。

⑫定迹深栖，于是乎远：二句言陶渊明走上归隐之路。定迹，停留足迹。

⑬灌畦鬻（yù）蔬，为供鱼菽之祭：二句言归隐后的生计。灌畦鬻蔬，语出潘岳《闲居赋》："灌园鬻蔬，供朝夕之膳；牧羊酤酪，俟伏腊之费。"灌畦，给田地浇水。指从事田园劳动。鬻，卖。鱼菽之祭，用鱼和豆作为祭品祭祀祖先。形容菲薄简陋。《公羊传·哀公六年》："陈乞曰：'常之母有鱼菽之祭。'"疏云："言鱼与豆者，示薄陋无所有故也。"

⑭织绚（qú）纬萧，以充粮粒之费：二句言其归隐后生计。织绚，编织鞋屦。绚，屦头饰，指代鞋屦。《穀梁传·襄公二十七年》："宁喜出奔晋，织绚邯郸，终身不言卫。"纬萧，编织蒿草为席箔。《庄子·列御寇》："河上有家贫恃纬萧而食者。"

⑮心好异书，性乐酒德：二句言其隐居乐趣。异书，指除儒家典籍之外的《穆天子传》、《山海经》等志怪之书。《五柳先生传》："好读书，不求甚解，每有会意，便欣然忘食。"陶渊明《读山海

经》："泛览周王传，流观山海图。"陶渊明《移居》："奇文共欣赏，疑义相与析。"酒德，刘伶爱酒而作有《酒德颂》，这里指代饮酒。《五柳先生传》："性嗜酒，家贫，不能常得，亲旧知其如此，或置酒而招之，造饮辄尽，期在必醉。"

⑯简弃烦促，就成省旷：二句言其境界。简弃，捡除，抛弃。葛洪《抱朴子·交际》："或有矜其先达，步高视远，或遗忽陵迟之旧好，或简弃后门之类味。"烦促，迫促。张华《答何劭》诗："恬旷苦不足，烦促每有余。"张铣注："烦促，急迫也。"省旷，简约安闲。

⑰殆所谓国爵屏贵、家人忘贫者与：就是所谓的连国家爵位都可以屏弃，连家人都可以忘却贫寒的人吧。国爵屏贵，连国家爵位都可以屏弃，指淡泊名利。语出《庄子·天运》："夫孝悌仁义，忠信贞廉，此皆自勉以役其德者也，不足多也。故曰：至贵国爵并焉。"家人忘贫，淡然无欲，家人不识贫可苦。语出《庄子·则阳》："故圣人，其穷也，使家人忘贫。"与，同"欤"。

⑱有诏征为著作郎，称疾不到：陶渊明于晋安帝义熙十四年（418）被征为著作郎，推辞生病不应召。

⑲春秋：指年龄。若干：一作"六十有三"。

⑳元嘉四年：宋文帝刘义隆元嘉四年（427）。某里：一作"柴桑里"。

㉑冥默福应，呜呼淑贞：天道奖善而此时渺茫沉默，这样贤美忠正的人却死了。冥默，沉默。张衡《灵宪图》注曰："寂寞冥默，不可为象。"淑贞，贤美忠正。

㉒夫实以诔华，名由谥高：功业因诔词而华美，声望因谥号而提高。

㉓苟允德义，贵贱何算焉：假如符合德行道义，又计较什么贵贱呢。诔为议定死者谥号而作，所谓"读诔以定谥"，无爵即无诔，也无谥；又有"贱不诔贵，幼不诔长"的惯例。陶渊明辞官归隐，终生不仕，可谓布衣，而颜延之则为光禄大夫，声名地位远在陶渊明之上，又小陶渊明二十岁。此即"贵贱何算"之意。算，计较。

㉔若其宽乐令终之美、好廉克己之操：《文选》李善注："谥法

曰：宽乐令终曰'靖'，好廉自克曰'节'。"

㉕谥典：谥法。古代帝王公卿死后，依其生前行事而给予称号的法则。

㉖愆：违背。

㉗故询诸友好，宜谥曰靖节征士：陶渊明谥"靖节"，是私谥。周制，下大夫以下不得请谥于上，亲族故吏门生，为之立谥，曰私谥。如春秋时柳下谥"惠"，黔娄谥"康"，都是私谥。询，征求意见。

【译文】

晋朝征士浔阳陶渊明，是在南岳隐居的隐士。他自幼不喜欢嬉戏，成年后心灵淳朴。学习不标榜师法，作文只求达意。在众人当中不失他独特的操守，众人交谈时更显出他的沉默。年少时家贫多病，家中没有仆人和小妾。汲水舂米他不能胜任，藜菜和豆菽都不能自给。母亲年老子女幼小，侍奉父母，所需匮乏。想起古代田生做官取得俸禄侍养母亲的议论，理解了古代毛义手捧官府征召文书而欣喜非常的心情。起初，推辞了州府几次的征召，后来就任彭泽县令。由于道德操守不与世相合，就辞官去做自己喜好的事情。于是摆脱世俗的纷扰，专心致志过隐居生活。停留在山林深处而栖息隐居，从此远离尘世。浇水卖菜，是为得到鱼豆等祭品；织鞋编席，用来补充粮食的花费。内心喜欢杂书，性格嗜好饮酒。抛弃了促急的个性，养成了简约安闲的习惯。这大概就是所说的连国家爵位都可以屏弃，连家人都可以忘掉贫寒的人吧？有诏书征辟他为著作郎，他推说有病而不就任。享年若干岁，元嘉四年某月某日卒于浔阳县某乡。附近认识的人，远方的朋友，都为之悲悼伤情。天道奖善而此时渺茫虚空，唉，这样贤美忠正的人竟然死了。一个人的实绩往往凭着诔这种文体更华美，名气也由于谥号而提高。如果符合德义的要求，贵贱又有什么可计较的呢？像渊明那样宽厚和乐善终的美德，洁身自好约俭自身的操守，合乎谥法的原则，没有违背他生前的志向。所以征询旧交故友的意见，应该给他的谥号叫靖节征士。诔辞说：

物尚孤生，人固介立①。岂伊时遘，曷云世及②？嗟乎若士，望古遥集③。韬此洪族，蔑彼名级④。睦亲之行，至自非敦⑤。然诺之信，重于布言⑥。廉深简洁，贞夷粹温⑦。和而能峻，博而不繁⑧。依世尚同，诡时则异。有一于此，两非默置⑨。岂若夫子，因心违事⑩。畏荣好古，薄身厚志⑪。世霸虚礼，州壤推风⑫。孝惟义养，道必怀邦⑬。人之秉彝，不隘不恭⑭。爵同下士，禄等上农⑮。度量难钧，进退可限⑯。长卿弃官，稚宾自免⑰。子之悟之，何悟之辩⑱！赋诗归来，高蹈独善⑲。亦既超旷，无适非心⑳。汲流旧巘，葺宇家林㉑。晨烟暮蔼，春煦秋阴㉒。陈书辍卷，置酒弦琴㉓。居备勤俭，躬兼贫病㉔。人否其忧，子然其命㉕。隐约就闲，迁延辞聘㉖。非直也明，是惟道性㉗。纠缠斡流，冥漠报施㉘。孰云与仁，实疑明智㉙。谓天盖高，胡愆斯义㉚？履信曷凭，思顺何寘㉛？年在中身，疢维痁疾㉜。视死如归，临凶若吉㉝。药剂弗尝，祷祀非恤㉞。傃幽告终，怀和长毕㉟。呜呼哀哉！

【注释】

①物尚孤生，人固介立：以物起兴，隐赞渊明特立独行。尚，崇尚。孤生，陶渊明《饮酒》其四："因值孤生松，敛翮遥来归。"固，固守。介，特。陶渊明《戊申岁六月中遇火》："总发抱孤介，奄出四十年。"

②岂伊时遘（gòu），曷云世及：二句互文，上承"绵世浸远，光灵不属"，下启"望古遥集"之句，指孤立之士非世代都有。遘，遇见。曷，何。世及，世袭，指代代都有。

③嗟乎若士，望古遥集：感叹陶渊明高洁情操，继承美好传统，与远古隐士遥遥相应。若士，这士人，指陶渊明。望古遥集，指远承古代隐士的传统。陶渊明《和郭主簿》："遥遥望白云，怀古一何深。"

④韬此洪族，蔑彼名级：赞颂陶渊明出身显贵之族却蔑视门第。陶渊明的曾祖陶侃为东晋大司马，封长沙郡公；祖父陶茂为武昌太

守。陶渊明《命子》诗自陶唐叙起，直到中晋，累世明德，功臣迭出。这是祭文常用之辞。韬，藏而不露，不炫耀。洪族，大族。名级，仕宦等级，指门第。

　　⑤睦亲之行，至自非敦：二句言陶渊明对亲友的和爱之情发自内心，不用敦促。睦亲，对宗族和睦，对外亲友好。王粲《酒赋》："纠骨肉之睦亲，成朋友之欢好。"

　　⑥然诺之信，重于布言：二句言陶渊明比之汉代季布更重诚信。然诺，然、诺皆应对之词，表示应允。引申为言而有信。《史记·游侠列传序》："而布衣之徒，设取予然诺，千里诵义，为死不顾世，此亦有所长，非苟而已也。"布言，季布的诺言。季布，楚人，以任侠著名，重然诺。《史记·季布列传》："楚人谚曰：'得黄金百斤，不如得季布一诺。'"

　　⑦廉深简洁，贞夷粹温：二句言陶渊明品性。廉深，廉洁深沉。颜延之《庭诰》："贫之病也，不唯形色灘黡，或亦神心沮废，岂但交友疏弃，必有家人诮让，非廉深远识者何能不移其植。"贞夷，中正和平。《文选》张铣注："贞，正；夷，平也。"粹温，纯真温良。

　　⑧和而能峻，博而不繁：与人和睦而不苟合，交友广泛而不繁杂。和而能峻，语出《论语·子路》："和而不同。"博而

明张鹏《陶渊明醉酒图》

不繁,语出《孔子家语》:"子贡曰:'博而不举,是曾参之行。'"

⑨"依世尚同"至"两非默置":四句言为人之道。依俗而行则为苟同于人,违世而行则为标新立异,这两种行为,身有其一,必受人非议,皆不得默然置之。

⑩岂若夫子,因心违事:赞颂陶渊明能不同不异。夫子,对陶渊明的敬称。因心,顺应本心。违事,违弃世俗之事。

⑪畏荣好古,薄身厚志:赞颂陶渊明轻名重德,生活俭约而敦养道德。畏荣,厌恶、轻视荣誉。薄身,自俭约。厚志,敦道德。陶渊明《感士不遇赋》:"望轩唐而永叹,甘贫贱以辞荣。"《论语·述而》:"子曰;'信而好古。'"

⑫世霸虚礼,州壤推风:指陶渊明受时人推崇。世霸,当世而霸者,即当世英雄。虚礼,虚心地以礼相待。应劭《风俗通·怪神》:"公祖虚礼盛馔,下席行觞。"州壤,谓州县人士。推风,推重其风操。

⑬孝惟义养,道必怀邦:指陶渊明为养亲而就彭泽令,孝、道兼顾。义养,善养父母。惟,思。义,善。怀邦,不忘于国。

⑭人之秉彝,不隘不恭:称颂陶渊明秉性既不狭隘又较随和。秉彝,秉性。语出《诗经·大雅·烝民》:"民之秉彝,好是懿德。"不隘不恭,不狭隘,不轻慢。语出《孟子·公孙丑上》:"伯夷隘,柳下惠不恭,隘与不恭,君子不由也。"注曰:"隘,谓疾恶太甚,无所容也;不恭,谓禽兽畜人,是不敬。"孟子认为,伯夷非其君不事,非其友不友,为人过于狭隘;展禽不羞污君,不卑小官,虽然自洁不可玷污,但处世过于随便。

⑮爵同下士,禄等上农:指陶渊明以士的身份而归隐耕田。《礼记·王制》:"诸侯之下士,视上农夫,禄足以代其耕。"《孟子·万章》:"下士与庶人在官者同禄,禄足以代其耕也。耕者所获,一夫百亩,百亩之粪,上农夫食九人。"

⑯度量难钧,进退可限:指陶渊明胸襟难以测量,出仕归隐都有操守。度量,胸襟。钧,衡量。进退,出处,指出仕和退隐。可限,有操守。《孝经》:"容止可观,进退可度。"

⑰长卿弃官，稚宾自免：指像司马相如、郇相一样弃官。《史记·司马相如列传》："司马相如，字长卿，汉武帝时召为郎。其仕宦，未尝肯与公卿国家之事，常称疾闲居，不慕官爵。"《汉书·郇相传》："清居之士，太原则郇相，字稚宾，举州郡茂才，数病去官。"

⑱子之悟之，何悟之辩：指陶渊明悟出弃官归隐的道理，他悟得何等透彻啊！陶渊明《归去来兮辞》："实迷途其未远，觉今是而昨非。"《感士不遇赋》："彼达人之善觉，乃逃禄而归耕。"辩，同"辨"，分明。

⑲赋诗归来，高蹈独善：指陶渊明辞彭泽县令，赋《归去来兮辞》而归隐。高蹈，远避，指隐居。张协《七命》："嘉遁龙盘，玩世高蹈。"独善，语出《孟子·尽心上》："穷则独善其身，达则兼善天下。"

⑳亦既超旷，无适非心：指超然物外，无是非之心。无适非心，语出《庄子·达生》："知忘是非，心之适也。"适，往。

㉑汲流旧巘（yǎn），葺（qì）宇家林：指回故乡山林间筑屋隐居。即陶渊明《自祭文》"含欢谷汲，行歌负薪，翳翳柴门，事我宵晨"之意。汲流，汲水。旧巘，旧日山岩。葺宇，修建茅屋。家林，家乡的山林。

㉒晨烟暮蔼，春煦秋阴：指从早到晚、一年四季隐居自乐的生活，即陶渊明《归园田居》"开荒南野际，守拙归园田，方宅十余亩，草屋八九间，榆柳荫后檐，桃李罗堂前。暧暧远人村，依依墟里烟"之意。蔼，通"霭"，云雾。煦，温暖的日光。

㉓陈书辍卷，置酒弦琴：指劳作之余广泛的情趣。陶渊明《答庞参军并序》："衡门之下，有琴有书，载弹载咏，爰得我娱。"《和郭主簿》："息交游闲业，卧起弄书琴。"

㉔居备勤俭，躬兼贫病：生活上又勤劳又节俭，身体上贫病交加。勤俭，语出《尚书·大禹谟》："克勤于邦，克俭于家。"

㉕人否其忧，子然其命：以颜回作比，赞陶渊明面对贫困生活泰然处之。语出《论语·雍也》："贤哉，回也！一箪食，一瓢饮，在陋巷。人不堪其忧，回也不改其乐。"否，不然，不堪。然，认同。

㉖隐约就闲，迁延辞聘：指处于穷困却推辞聘命而归隐。隐约，

困厄，俭约。严忌《哀时命》："居处愁以隐约兮，志沉抑而不扬。"王逸注："言己放于山泽，隐身守约。"迁延，犹徜徉，自由自在的样子。《淮南子·主术训》："明堂之制，有盖而无四方，风雨不能袭，寒暑不能伤，迁延而入之，养民以公。"辞聘，辞退征聘之命。语出宋玉《登徒子好色赋》："因迁延而辞避。"

㉗非直也明，是惟道性：非直也明，语出《诗经·鄘风·定之方中》："非直也人，秉心塞渊。"道性，无欲之性。语出《淮南子·俶真训》高诱注："能虚其心，以生于道，道性无欲。"

㉘纠缪（mò）斡（wò）流，冥漠报施：指祸福逆转，报应虚无。质疑天道，为陶渊明抱不平。纠缪，几股线捻成的绳索，以喻纠结缠绕。斡流，变化流转。贾谊《鹏鸟赋》："斡流而迁兮，或推而还……夫祸之与福兮，何异纠缪。"冥漠，虚无。陆机《吊魏武帝文》："悼缲帐之冥漠，怨西陵之茫茫。"颜延之《拜陵有作》："衣冠终冥漠，陵邑转葱青。"刘良注："冥漠，虚无也。"报施，报应。《史记·伯夷列传》："天之报施善人，其如何哉？"

㉙孰云与仁，实疑明智：谁说天道常与仁人，真是怀疑老子的话。《老子》曰："天道无亲，常与善人。"明智，贤明智慧的人，这里指老子。

㉚谓天盖高，胡愆（qiān）斯义：质疑天道。意谓天高公正，报施无爽，可为何违反此义，不给仁人赐福呢？《诗经·小雅·正月》："谓天盖高，不敢不局。"愆，古"愆"字，错失。

㉛履信曷凭，思顺何寘（zhì）：质疑《周易》"履信思顺"的经义。履信思顺，本之《周易·系辞上》："天之所助者，顺也；人之所助者，信也。履信思乎顺。"《史记》："子韦曰：天高听卑。履信曷凭？思顺何寘？"寘，置。

㉜年在中身，疢（chèn）维痁（shān）疾：中身，五十岁左右。《尚书·无逸》："文王受命惟中身。"疢，病。痁疾，疟疾。《左传·昭公二十年》："齐侯疥，遂痁。"杜预注："痁，疟疾也。"

㉝视死如归，临凶若吉：言面对生死超然的态度。陶渊明《归园田居》其四："人生似幻化，终当归空无。"《拟挽歌辞》其三："死去

何所道，托体同山阿。"视死如归，语出《吕氏春秋》："遗生行义，视死如归。"

㉞药剂弗尝，祷祀非恤：言不吃药、不祈祷，达观知命的人生态度。药剂，左思《魏都赋》："药剂有司。"恤，关心。《论语·述而》："子曰：'丘之祷久矣！'"

㉟傃（sù）幽告终，怀和长毕：指怀着平和冲淡的心情去世。傃，向。幽，幽冥，指阴间。《礼记》："幽则有鬼神。"终，《荀子·礼论》："死，人之终也。"

【译文】

物崇尚稀贵，人坚守孤高。孤高之人哪里能时时遇到、代代都有呢？感慨渊明，远承传统，与古代隐士遥遥相应。他不炫耀自己出身名门望族，而蔑视所谓的门第阶级。对亲友的和睦友爱之情，发自内心，不须敦促。重守诺言的诚信，超过季布。廉洁深沉，简易高洁，中正平和，纯正温良。与人和睦而不苟合，交友广泛而不繁杂。依从世俗做事会被讥为苟同于人，违背时俗做人又会被讥为标新立异。这两种行为，遵循其中任何一种，都会受人非议，两者都不能漠然置之。谁能像先生那样，顺乎自己的本心而违弃世俗之事。轻视名誉而向往古风，生活淡薄而修养道德。执掌权柄者对他虚心礼遇，州县人士推崇他的高风。论孝行，他依礼义侍养母亲，论道德，他眷恋不忘国家。他的秉性，既不狭隘又不严厉。他的地位与下士相同，他的俸禄与上农相当。他的胸襟广阔难以衡量，仕宦退隐都有操守。像司马相如那样弃官而去，像郇相那样数病自免。弃官归隐的道理，您悟得何等透彻啊！写下《归去来兮辞》后，您就归隐田园独善其身了。也已经超然旷达，再也没有是非之心。在旧日山岩间汲水，在故乡树林中筑屋。晨烟缭绕，暮云飘荡，春光和煦，秋阴凉爽。或读书，或停卷，饮酒自娱，弹琴自乐。生活又勤苦又节俭，身体兼受贫穷和疾病的折磨。人们忍受不了这种生活，您却知命乐天。穷困隐居山林，却自由地辞绝征聘。不仅正直而且明智，这就是淡泊无欲的道性。祸福变化难以预料，所谓上天的报应实在渺茫。谁说上天赐福于仁人？我实在怀疑老子的说法。说上天公正报应不爽，可为什么违反此义，不赐福仁人呢？说上天报应不爽有什么凭证？顺乎天道又为什么遭到抛弃？先生人在中

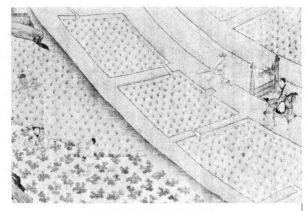

题宋李公麟《渊明归隐图》（局部）

年就染上疟疾之病，可您视死如归，面对凶难如同面对好事一样。不服药治病，也不祷告祈福。走向阴间告别人世，怀着平和冲淡的心情与世长辞。唉，悲痛啊！

敬述靖节，式尊遗占^①。存不愿丰，没无求赡^②。省讣却赙，轻哀薄敛^③。遭壤以穿，旋葬而窆^④。呜呼哀哉！

【注释】

①敬述靖节，式尊遗占：恭敬地陈述谥以"靖节"的原因，遵从临终的遗言。尊，同"遵"。遗占，临终遗言。

②存不愿丰，没无求赡：以下六句是遗言内容，陶渊明主张薄葬，表现出通达的态度。愿，期望。丰，丰厚。赡，丰足。

③省讣却赙（fù），轻哀薄敛：讣，讣告。却赙，推辞赙赠。赙，送葬的礼物。薄敛，即薄葬，简单、节俭的葬具及丧礼。《荀子·正论》："太古薄葬，棺厚三寸，衣衾三领。"王充《论衡·薄葬》："贤圣之业，皆以薄葬省用为务。"

④遭壤以穿，旋葬而窆（biǎn）：遭壤以穿，碰到一块地就挖墓穴，指随便找块墓地，不讲究风水。旋葬，立刻下葬，不停枢。窆，棺木入土。

陶征士诔

【译文】

　　恭敬地陈述谥以"靖节"的原因，并遵从先生临终的遗言。活着时不期望生活富足，死后也不要求祭品丰足。不用向别人报丧，也不接受别人送丧的礼物；略略地哀悼一下，简单地收殓入棺。随处找地挖个墓穴，不须停枢，立刻下葬。唉！悲恸啊！

　　深心追往，远情逐化①。自尔介居，及我多暇②。伊好之洽，接阎邻舍③。宵盘昼憩，非舟非驾④。念昔宴私，举觞相诲⑤。独正者危，至方则碍⑥。哲人卷舒，布在前载⑦。取鉴不远⑧，吾规子佩⑨。尔实愀然⑩，中言而发⑪。违众速尤⑫，迕风先蹶⑬。身才非实，荣声有歇⑭。睿音永矣，谁箴余阙⑮？呜呼哀哉！

　　仁焉而终，智焉而毙⑯。黔娄既没，展禽亦逝⑰。其在先生，同尘往世⑱。旌此靖节，加彼康惠⑲。呜呼哀哉。

【注释】

　　①深心追往，远情逐化：真诚地追念往事。化，《庄子·知北游》："已化而生，又化而死。"

　　②自尔介居，及我多暇：回忆两人交往情谊。介居，独居，指隐居。《史记·张耳陈余列传》："将军今以三千人下赵数十城，独介居河北，不王无以填之。"多暇，《荀子·修身》："其为人也多暇日者，其出入不远。"

　　③伊好之洽，接阎邻舍：义熙十一年（415）至十二年，颜延之供职浔阳约一年，与陶渊明从容来往，比邻而居。《宋书·陶潜传》："颜延之为刘柳后军功曹，在浔阳，与潜情款。"阎，里巷。

　　④宵盘昼憩，非舟非驾：指相邻而居，亲密地交往。宵盘，夜间游乐。盘，乐。憩，休息。非舟非驾，意同陶渊明《停云》："愿言怀人，舟车靡从。"

　　⑤念昔宴私，举觞（shāng）相诲：宋武帝永初三年（422），颜延之被贬为始安（今广西桂林）太守，道经浔阳时，与陶渊明相聚。

《宋书·陶潜传》：延之"为始安郡，经过，日日造潜，每往必酣饮致醉"。宋何法盛《晋中兴书》："延之为始安郡，道经寻阳，常饮渊明舍，自晨达昏。"时延之三十九岁，历刘裕篡晋弑帝、遭权臣猜忌之沧桑剧变。宴私，即燕私，游宴。《诗经·小雅·楚茨》："诸父兄弟，备言燕私。"卢谌《赠刘琨书》："与运筹之谋，厕燕私之欢。"觞，酒杯。诲，教诲。

⑥独正者危，至方则碍：下至"荣声有歇"，陶渊明相诲之言。此二句意谓正道直行，就会处处碰壁。《孙子·势篇》："方则止，圆则行。"恒宽《盐铁论·论儒》："孔子能方不能圆，故饥于藜丘。"碍，阻碍。

⑦哲人卷舒，布在前载：卷舒，隐与仕。《论语·卫灵公》："邦有道则仕，邦无道则可卷而怀之。"刘向《列女传·王章妻女》："君子谓王章妻知卷舒之节。"布，示。前载，前人的记载。张衡《西京赋》："多识前人之载。"

⑧取鉴不远：语出《诗经·大雅·荡》："殷鉴不远，在夏后之世。"

⑨规：规谏。佩：佩带，指记住。

⑩愀（qiǎo）然：忧虑的样子。

⑪中言：心中之言。

⑫违众速尤：语出班固《汉书·叙传下》："疑殆匪阙，违众忤世，浅为尤悔，深作敦害。"速尤，招致谴责。

⑬迕（wú）风先蹶（jué）：《韩诗外传》："草木根荄浅，未必橛也；飘风与，暴雨隧，则橛必先矣。"迕，逆。蹶，跌倒。

⑭身才非实，荣声有歇：言身及才不足为实，荣华声名有时而灭。恐颜延之恃才以傲物，凭宠以陵人，故以相诫。身才非实，谓身体、才华皆不足为实在。歇，停止。

⑮睿音永矣，谁箴（zhēn）余阙：表达沉痛的哀悼与遗憾之情。睿音，通达的言论。谁箴余阙，语出《左传·襄公四年》："昔周辛甲之为大史也，命百官，官箴王阙。"箴，谏劝。阙，过失。

⑯仁焉而终，智焉而毙：谓人终有一死。语出应劭《风俗通·正

失》："五帝圣焉死，三王仁焉死，五伯智焉死。"陶渊明《咏贫士》
其四："朝与仁义生，夕死复何求。"

⑰黔娄既没，展禽亦逝：以黔娄、柳下惠比陶渊明。黔娄，战国
时齐国隐者，家贫，不求仕进，不受齐鲁国君之聘。死时衣不蔽体，
其妻谥以"康"。事见皇甫谧《高士传》。展禽，即春秋时鲁国大夫柳
下惠，字季。为官不以职低为卑，谥"惠"。

⑱其在先生，同尘往世：先生于古代贤士同道。往世，古代，指
古代的贤士。

⑲旌此靖节，加彼康惠：旌，表彰。加，超越。康，指黔娄。惠，
指柳下惠。

【译文】

深深地追念您过去的事情，真诚地回忆您生前的情景。自从您
隐居之后，正是我多有闲暇之时。我与您友好融洽，比邻而居。晚上
交谈游乐，白天休息，举步即到，不用车船。回想起昔日宴饮时，您曾
举杯教诲我："独自正道直行不苟于俗的人处境危险，非常刚正不阿
的人在现实中会处处碰壁。才识超群的人出仕退隐的原则，都见于
前代的记载。引以为戒的例子近在眼前，我的规谏您要记牢。"您的
确神情忧虑，说出了内心的肺腑之言："违背众人会招致责难，顶风
而行最先跌倒。身体才干不足为实，荣华声名终会消歇。"您通达的
言论再也听不到了，以后谁能规谏我的过失啊？唉！悲恸啊！

仁人不免一死，智士最终消亡。黔娄已经去世，展禽也已死去。
对于先生您来说，您与古代的贤士同道同路。以"靖节"来表彰您，
您的志节远在黔娄与展禽之上。唉！伤痛啊！

身世渾如泊海舟關門
累月不摳頭東籬
蝴蝶間來往
看寫黃花過
一秋 天池

37

陶征士诔

祭韦府君文

陈子昂

【题解】

　　陈子昂重友道，时人卢藏用称其"尤重交友之分，意气合一，虽白刃不可夺也。"朋友韦君英才伟岸，壮志凌云，然而怀才失意，赍志以殁。韦君之死，陈子昂感怀激愤，慷慨悲歌，怆然涕下，极尽哀吊之情。

　　祭悼韦君之际，陈子昂刚脱牢狱之门。时陈子昂年过卅五，正慷慨激昂，壮怀激烈："本为贵公子，平生实爱才。感时思报国，拔剑起蒿莱。"（《感遇》）他身为谏官，直道抗言，却身陷图圄，沉郁下僚。激愤不平之气，悲歌忧嗟之意，哀友伤己，尽现笔底。

　　陈子昂自视甚高，胸怀壮志，渴望乘时代风云而大展宏图，却重蹈了具有诗人气质的慷慨之士在官场中难以逃脱的厄运，陷没于险恶的政治漩涡。时人称"子昂体弱多疾，感激忠义，常欲奋身以答国士"。然而陈子昂屡有建议，当政却鲜有采纳。受摒弃，遭排挤，忤权贵，志难酬，不合于时，辞归于乡。不幸遭人陷害，逮捕狱中，忧愤以死，年四十三。"才可兼济，屈而不伸。行道神明，困于庸尘"，一代英才，邈然奄忽。吊韦君之文，其自吊也哉！

　　全文四六骈俪，不着痕迹；隶事用典，化于无形。辞韵铿锵，音声朗练；悲凉激越，风骨峥嵘。千百年后，令人怅然不已。

　　府君，汉代对郡相、太守的尊称。这里是对已故者韦君的敬称。

　　维年月日①，左拾遗陈子昂②，谨以少牢清酌之奠③，致祭故人临海韦君之灵④：

【注释】

　　①维年月日：罗庸《陈子昂年谱》编年为证圣元年（695）。时陈

子昂三十五岁。

　　②左拾遗：唐代谏官名。唐武则天垂拱元年（685）置左右拾遗，分属门下、中书两省，职掌供奉讽谏、荐举人才，位从八品上。陈子昂于长寿二年（693）擢为左拾遗，次年坐逆党陷狱，出狱后官复右拾遗。

　　③少牢：旧时祭礼的牺牲，牛、羊、豕俱用叫太牢，只用羊、豕二牲叫少牢，不兼用二牲而专用一羊或一豕者，则曰特羊、特豕。《左传·襄公二十二年》："祭以特羊，殷以少牢。"

　　④故人：朋友。临海：地名，三国时设郡，隋时废郡设县，唐开元后复称郡，辖今浙江台州市、温州市、丽水市全部及闽北一部。这里指韦君的籍贯。韦君：生平不详。一说为韦虚己，陈子昂有《与韦五虚己书》。此文约写于韦君由洛阳归葬之际。

【译文】

　　某年某月某日，左拾遗陈子昂谨供上猪羊和清酒等祭品，在朋友临海韦君的灵前祭奠：

　　惟君孝友自天①，忠义由己。有经世之略，怀轨物之量②。甘心苦节③，风雨不改。常欲穷则独善其身，达则兼济天下④。感激遐咏，邈然青云⑤。何期良策未从，大运奄忽⑥。呜呼哀哉！昔君梦奠之时⑦，值余实在丛棘⑧。狱户咫尺，邈若山河⑨。话言空存，白马不吊⑩。迨天网既开，而宿草成列⑪。言笑无由，梦寐不接⑫。永言感恸⑬，何时可忘？今旌旐言归，关河方远⑭。兴言永诀，今古长辞⑮。邓攸无子，天道何知⑯？洛阳旧陌，拱木犹存⑰；京兆新阡，孤松已植⑱。已矣韦生，云何及矣⑲！大运之往，贤圣同尘⑳。呜呼哀哉！伏惟尚飨。

【注释】

　　①惟君孝友自天，忠义由己：从孝、友、忠、义赞颂韦君的德行。

　　②有经世之略，怀轨物之量：有经世济用的谋略，胸怀匡正天下

的抱负。《左传·隐公五年》："君将纳民于轨物也。故讲事以度轨量谓之轨。"量，抱负。

③甘心苦节：心甘情愿，坚守志节。甘心，情愿，乐意。《诗经·卫风·伯兮》："愿言思伯，甘心首疾。"苦节，坚守节操，矢志不渝。《汉书·苏武传》："以武苦节老臣，令朝朔望，号称祭酒，甚优宠之。"

④穷则独善其身，达则兼济天下：语出《孟子·尽心》："穷则独善其身，达则兼济天下。"穷，困厄，不得志。达，显达，得志。

⑤感激遐咏，邈然青云：指韦君慷慨激奋，吟咏不已，志向高远。感激，感奋激发。《后汉书·列女传·许升妻》："升感激自厉，乃寻师远学，遂以成名。"邈然，高远的样子。《三国志·吴书·步骘传》："邈然绝俗，实有所师。"青云，凌云壮志。李白《古风》十三："奈何青云士，弃我如尘埃。"

⑥大运：命运。奄忽：疾速，倏忽。《古诗》："人生寄一世，奄忽若飚尘。"也指死亡。《后汉书·赵岐列传》："卧蓐七年，自虑奄忽，乃为遗令勅兄子。"

⑦梦奠：指死亡。典出《礼记·檀弓上》，孔子将死，曰："予畴昔之夜，梦坐奠于两楹之间……予殆将死也。"

⑧寘（zhì）在丛棘：古时囚禁犯人的地方，四周用荆棘堵塞，以防犯人逃跑，故称。《易经·坎》："系用徽纆，寘于丛棘。"孔颖达疏："谓囚执之处，以棘丛而禁之也。"寘，同"置"。

⑨狱户咫（zhǐ）尺，邈若山河：狱门狭窄，狱外虽近在咫尺，却如隔山河般遥远。狱户，牢门，监狱。颜之推《颜氏家训·风操》："被轻系而身死狱户者，皆为怨雠。"李白《万愤词投魏郎中》："狱户春而不草，独幽怨而沉迷。"咫尺，周制八寸为咫，十寸为尺。形容地方狭小。《战国策·赵策二》："舜无咫尺之地，以有天下。"邈若山河，语出《世说新语·伤逝》："自嵇生夭、阮公亡以来，便为时所羁绁，今日视此虽近，邈若山河。"

⑩话言空存，白马不吊：指因自己身陷囹圄，有心吊韦君之丧而不得的遗憾之情。白马，先秦时歃血盟誓多以白马为牺牲，后盟誓时多用白马。这里指祭品。《战国策·赵策二》："今天下之将相，相与会

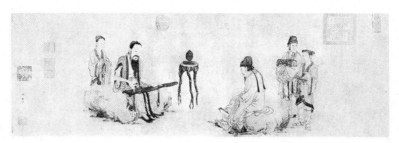

元王振鵬《伯牙鼓琴图》

于洹水之上，通质刑白马以盟之。"《史记·吕后本纪》："高帝刑白马盟曰：'非刘氏而王，天下共击之。'"

⑪迨（dài）天网既开，而宿草成列：等到自己被赦免出狱，韦君已死多时，表达生死睽违的伤感。迨，等到。天网，比喻国家牢狱。网开比喻自己被免罪出狱。宿草，隔年的草。借指坟墓，或人已死多时。《礼记·檀弓上》："朋友之墓，有宿草而不哭焉。"孔颖达疏："宿草，陈根也，草经一年则根陈也，朋友相为哭一期，草根陈乃不哭也。"多用为悼亡之辞。陶渊明《悲从弟仲德》："流尘集虚坐，宿草旅前庭。"

⑫言笑无由，梦寐不接：指没有机会一起言语欢笑，睡梦里也不会相遇。

⑬永言：长言，吟咏。《尚书·舜典》："诗言志，歌永言。"孔传："谓诗言志以导之歌，咏其义以长其言。"

⑭今旌旐（jīng zhào）言归，关河方远：指韦君即将归葬，而远在临海，山河迢远。旌旐，代指灵柩。旌，铭旌。旐，引魂幡。关河，原特指函谷等关与黄河，后泛指关山河川，犹山河。《后汉书·荀彧传》："此实天下之要地，而将军之关河也。"

⑮今古：今指自己，古指韦君。

⑯邓攸无子，天道何知：邓攸舍子救侄却一生无子，善行无善报，上天有什么公道可言？想见作者为韦君不幸而感愤。邓攸无子，晋邓攸永嘉中为石勒所俘，后逃至江南。南逃时，步行，担其儿及侄儿，度不能两全，乃弃子全侄。后竟无子，卒以无嗣。时人义而哀之，为之语曰："天道无知，使邓伯道无儿。"后以"邓攸无子"谓无子

嗣。事见《晋书·良吏传·邓攸》。杨炯《常州刺史伯父东平杨公墓志铭》：“邓攸无子，天道何亲？”

⑰洛阳旧陌，拱木犹存：指韦君洛阳旧墓刚徙。旧陌，这里指旧墓。拱木，墓旁之木。《左传·僖公三十二年》：“尔何知？中寿，尔墓之木拱矣。”后婉指已死。江淹《恨赋》：“试望平原，蔓草萦骨，拱木敛魂。”

⑱京兆新阡，孤松已植：指韦君长安新坟已筑。由眼前的事实才确信韦君的死亡，表达对韦君的叹悯之情。京兆，京都，唐都长安。韦君故籍临海，由“关山方远”，应是归葬故里，故“京兆”应是虚指。新阡，新筑的墓道。这里指新坟。阡，通往坟墓的道路。崔融《韦长史挽词》：“京兆新阡辟，扶阳甲第空。”孤松，写墓地凄清之景。松，古人墓地多种松柏。

⑲云何：如何。《诗经·唐风·扬之水》：“既见君子，云何不乐。”

⑳大运之往，贤圣同尘：指圣贤与凡俗一样不免一死。同尘，同乎流俗。《老子》：“和其光，同其尘，湛兮似或存。”

【译文】

韦君孝顺友悌源自先天禀赋，忠诚仁义出于后天修养。秉有经世济用的谋略，胸怀匡正天下的抱负。甘心守节，坚守自励，矢志不渝，风雨无阻。常想不得志就独善其身，得志就兼济天下。慷慨激奋，吟咏不已，志向高远，气可凌云。想不到良谋还没有实现，就遽然死亡！唉！哀痛啊！韦君你死亡之时，正值我身陷监狱。狱门狭窄，狱外虽近在咫尺，却如隔山河般遥远。哀辞在口，却无处诉说；白马祭品，也无法供祭。等到我被赦免出狱，韦君你已死去多时，墓草丛生。我与你没有机会一起言语欢笑，睡梦之中魂魄也不会相遇。长歌吟咏，伤感悲痛，何时何日，才可忘怀？现在你即将归葬，山河遥远。最后倾诉分别的话语，你我就要永远辞别了。邓攸舍子救侄却一生无子，上天有什么公道？洛阳旧墓，墓旁树木还生长着；京城新墓，已经种上几棵松树。韦君你去世了啊，我如何才能再见你！天地运化，贤者不贤者同尘和光啊。唉！哀痛啊！跪着恭敬地请你享用祭品。

祭十二郎文

韩　愈

【题解】

　　唐德宗贞元十九年（803），韩愈骤闻侄子十二郎韩老成遽然离世，恍惚猜疑，捶胸顿足，乃以痛哭为文章，写下这篇词意刺骨、无限凄切的祭文。

　　《祭十二郎文》一改祭文历叙生平、歌功颂德的传统，将真挚深沉的情感融注在日常情事的叙述之中。韩愈的父亲韩云卿生子三人，长韩会、次韩介，季韩愈。韩老成（十二郎）是韩介次子，出嗣韩会为子，在族中排行第十二，故称十二郎。郎，即郎子，唐时口语称年轻男子为郎子。韩愈幼年丧父，由韩会夫妇抚养成长。韩愈与老成年龄相仿，孤苦相依，名为叔侄，情同兄弟。祭文通过追叙韩愈与十二郎自幼及长多年相依为命的可悲身世，伤叹十二郎的夭折与自己日益憔悴衰老的可哀境况，叙写十二郎死讯传报的惨切经过，抒发难以抑制的悲哀，表达刻骨铭心的骨肉亲情。

　　本文一反祭文用韵语的惯例，破骈为散，气势飞动；又几乎句句用语助词，顿挫有章，疾徐有致。全篇采用对话形式，称已故之人为"汝"，变千里遥祭为当面凭吊，全文用四十个"汝"字，有泣，有呼，有诵，有絮语，似乎十二郎就在近前，边诉边泣，吞吐呜咽，交织着悔恨、悲痛、自责之情，感情惨烈，震撼人心。前人有云"读诸葛亮《出师表》而不堕泪者，其人必不忠；读李密《陈情表》而不堕泪者，其人

韩愈像

必不孝；读韩退之《祭十二郎文》而不堕泪者，其人必不友"。

明人吴讷称墓志铭文"古今作者，惟昌黎最高。行文叙事，面目首尾，不再蹈袭"（《文章辨体序说》）。《祭十二郎文》尽脱前人窠臼，因被誉为"祭文中千年绝调"，为后世欧阳修《泷冈阡表》、归有光《项脊轩志》、袁枚《祭妹文》等文开辟新径。

年、月、日，季父愈闻汝丧之七日①，乃能衔哀致诚②，使建中远具时羞之奠③，告汝十二郎之灵：

呜呼！吾少孤④，及长，不省所怙⑤，惟兄嫂是依。中年兄殁南方⑥，吾与汝俱幼，从嫂归葬河阳⑦，既又与汝就食江南⑧，零丁孤苦，未尝一日相离也。吾上有三兄，皆不幸早世⑨。承先人后者，在孙惟汝，在子惟吾。两世一身，形单影只，嫂尝抚汝指吾而言曰："韩氏两世，惟此而已⑩！"汝时尤小，当不复记忆；吾时虽能记忆，亦未知其言之悲也。

【注释】

①季父：父辈中排行最小的叔父。贞元十九年（803），老成突然去世，时韩愈在京城长安任监察御史，年三十六岁。

②衔哀：心中含着悲哀。致诚：表达赤诚的心意。

③建中：人名，和下文的"耿兰"，可能都是韩愈家中的仆人。时羞：应时的鲜美佳肴。羞，同"馐"。奠：以酒食祭死者。

④孤：《孟子·梁惠王下》："幼而无父曰孤。"韩愈父亲韩云卿卒于大历五年（770），时韩愈三岁。《新唐书·韩愈传》："愈生三岁而孤，随伯兄会贬官岭表。"

⑤省（xǐng）：知。所怙（hù）：指父亲。《诗经·小雅·蓼莪》："无父何怙？"怙，依靠。

⑥殁（mò）：死。大历十三年（778），韩愈兄韩会死于韶州（今广东曲江）任所，年四十二。时韩愈十三岁，随兄在韶州。

⑦河阳：在河南怀州修武之南阳，韩氏祖宗坟墓所在地。韩愈

《女挐圹铭》："归女挐之骨于河南之河阳韩氏墓。"

⑧江南：韩氏有田宅别业在宣州（今安徽宣城），建中二年（781），北方藩镇李希烈反叛，中原动荡，韩愈随嫂迁家避居宣州。韩愈《复志赋》："值中原之有事兮，将就食于江之南。"《祭郑夫人文》："既克返葬，遭时艰难。百口偕行，避地江濆。"

⑨吾上有三兄，皆不幸早世：吾，我们（指自己和老成）。三兄，指自己的两个哥哥韩会、韩介和老成的一个哥哥韩百川（韩介长子），都不幸早年去世。一说：吾，指韩愈。三兄，韩会，韩介，还有一兄死时尚幼，未及命名。早世，过早死去，夭折。

⑩韩氏两世，惟此而已：回顾坎坷辛酸的生活中与老成相濡以沫的至深情谊，借嫂言感慨家族人丁寥落的悲凉，今老成遽死，愈增凄凉萧条痛彻之情。

【译文】

某年、某月、某日，叔父韩愈在听到你去世消息的第七天，才能怀着哀痛心情向你表达诚意，打发建中赶去，在远方备办时鲜食物作为祭品，在十二郎你的灵前祭告：

唉！我幼年丧父，等到长大，还不知道父亲的模样，全依靠哥嫂抚养。哥哥中年时在南方去世，当时我和你都还小，跟随嫂嫂把哥哥的灵柩送回河阳安葬，随后又和你到江南谋生，虽然孤苦零丁，但一天也没有分开过。我们上面的三个哥哥，都不幸早死。继承先父的后代，在孙子辈里只有你，在儿子辈里只有我。子孙两代各剩一人，孤孤单单。嫂嫂曾经抚摸着你指着我说："韩氏两代，就只有你们两个了！"那时你比我更小，当然记不得了；我当时虽能够记事，但也还不能体会她话中的悲凉啊！

吾年十九，始来京城。其后四年，而归视汝①。又四年，吾往河阳省坟墓②，遇汝从嫂丧来葬③。又二年，吾佐董丞相幕于汴州④，汝来省吾；止一岁，请归取其孥⑤。明年丞相薨，吾去汴州⑥，汝不果来。是年，吾又佐戎徐州⑦，使取汝者始行，吾又罢去，汝又不果来。吾念汝从于东，东亦客也，不可以久。图久远者，莫如西归⑧，将成家而致汝⑨。呜呼！孰谓汝遽去吾而殁乎！吾与汝俱少年，以为虽暂相别，终当久相与处，故舍汝而旅食京师，以求斗斛之禄⑩。诚知其如此，虽万乘之公相，吾不以一日辍汝而就也⑪！

【注释】

①视：古时探亲，上对下曰视，下对上曰省。贞元二年（786），韩愈十九岁，由宣州至长安应进士举，至贞元八年春始及第，中间曾回宣州一次。但据韩愈《答崔立之书》与《欧阳生哀辞》均称二十岁至京都举进士，与本篇所记相差一年。

②省（xǐng）：探望，此引申为凭吊。

③遇汝从嫂丧来葬：贞元十一年（795），老成奉其母郑氏灵柩来河阳安葬，韩愈正在河阳祖坟扫墓，两人相遇。韩愈嫂子郑氏卒于贞元九年（793），韩愈有《祭郑夫人文》。

④吾佐董丞相幕于汴州：贞元十二年（796）七月，董晋以检校尚书左仆射、同中书门下平章事，任宣武军节度使、汴、宋、亳、颍等州观察使，韩愈在董晋幕中任节度推官。董丞相，指董晋。汴州，治所在今河南开封。

⑤孥（nú）：妻和子的统称。

⑥明年丞相薨（hōng），吾去汴州：贞元十五年（799）二月，董晋死于汴州，韩愈随葬西行。离开后的第四天，汴州即发生兵变。薨，古时诸侯或二品以上官员死曰薨。

⑦佐戎徐州：贞元十五年秋天，徐、泗、濠节度使张建封任命韩愈为节度推官。节度使府在徐州（今江苏徐州）。佐戎，辅助军务。

⑧西归：指西归故乡河阳。汴州和徐州在河阳之东。

⑨成家：安家，指把家安顿好。

⑩以求斗斛（hú）之禄：韩愈离开徐州后，于贞元十七年（801）来长安选官，调四门博士，贞元十九年，迁监察御史。斗斛之禄，指

微薄的俸禄。斗斛，古代以十斗为一斛。

⑪诚知其如此，虽万乘（shèng）之公相，吾不以一日辍汝而就也：此句表达韩愈与老成聚少离多，今老成骤亡，相守的夙愿终付虚幻，心中无限痛悔之情难以释怀。万乘之公相，指高官厚禄。公，三公。相，相国。周制，封国大小以兵赋计算。战国时，凡地方千里的大国，都称为万乘之国。两汉至唐，封邑大小以户口计算。这里的万乘，形容封邑之大。

【译文】

我十九岁时，初次来到京城。四年以后，才回宣州去看你。又过了四年，我去河阳扫墓，碰上你送嫂嫂的灵柩前来安葬。又过了两年，我在汴州董丞相的幕府中任职，你来看望我；只住了一年，你请求回宣州去接妻儿。第二年，董丞相去世，我离开汴州，你没能来成。这一年，我又在徐州协理军务，派去接你的人刚动身，我又罢职而离开徐州，你又没来成。我想就算你跟我在东边的汴州、徐州，也是客居，不可能久住。从长远考虑，不如往西边回到故乡去，等我先安好家，然后接你来。唉！谁能料到你突然离开我去世了呢！我和你都年轻，满以为尽管暂时分离，终究会长久相聚，所以才丢下你跑到京城求官做，来取得微薄的俸禄。如果早知道会出现这么个结局，即便有公卿宰相这样的高官厚禄等着我，我也不愿因此离开你一天而去就任啊！

去年孟东野往①，吾书与汝曰："吾年未四十②，而视茫茫，而发苍苍，而齿牙动摇③。念诸父与诸兄，皆康强而早世，如吾之衰者，其能久存乎？吾不可去，汝不肯来；恐旦暮死，而汝抱无涯之戚也！"孰谓少者殁而长者存，强者夭而病者全乎④！呜呼！其信然邪？其梦邪？其传之者非其真邪？信也，吾兄之盛德，而夭其嗣乎？汝之纯明，而不克蒙其泽乎？少者强者而夭殁，长者衰者而存全乎？未可以为信也。梦也，传之非其真也，东野之书，耿兰之报，何为而在吾侧也？呜呼！其信然矣！吾兄之盛德，而夭其嗣矣！汝之纯明宜业其家者，不克蒙其泽矣！所谓天者诚难测，而神者诚难明矣！所谓理者不可推，而寿者不可知矣⑤！虽然，吾自今年来，苍苍者或化而为白矣，动摇者或脱而落矣。毛血日益衰，志气日益微，几何不从汝而死也⑥！死而有知，其几何离？其无知，悲不几时，而不悲者无穷期矣⑦。汝之子始一岁⑧，吾之子始五岁⑨，少而强者不可保，如此孩提者⑩，又可冀其成立邪？呜呼哀哉！呜呼哀哉！

【注释】

①去年：指贞元十八年（802）。孟东野：即韩愈的诗友孟郊。孟郊这一年出任溧阳（今属江苏）尉，溧阳去宣州不远，故韩愈托他捎信给宣州的老成。

②年未四十：贞元十八年，韩愈年三十五岁。

③而视茫茫，而发苍苍，而齿牙动摇：写其未老先衰之态。齿牙动摇，时年韩愈有《落齿》诗云："去年落一牙，今年落一齿；俄然落六七，落势殊未已。"

④孰谓少者殁而长者存，强者夭而病者全乎：此句写老成的死出乎意料，表达韩愈心中无比的惊诧、叹惋和痛惜之情。

⑤"其信然邪"至"而寿者不可知矣"：此写韩愈听闻死讯而产生的一系列急速变化的心理活动：先是因事出意外而恍惚猜疑，继而因报丧书信而伤心绝望，终于绝望至极而转生悲愤，以致仰天号啕、怨天诅地。

⑥"毛血日益衰"至"几何不从汝而死也"：此句表达韩愈因哀悼十二郎而痛不欲生，反以将死为幸的悲痛心情。

⑦"死而有知"至"而不悲者无穷期矣"：写韩愈想象两人死后，若魂灵有知，幸相聚会；魂灵无知，正好可以摆脱这怀念的痛苦，愈加反衬出韩愈有生之年无尽的哀痛之情。曹植《金瓠哀辞》："先后无觉，从尔有期。"

⑧汝之子：老成有二子，长韩湘，次韩滂。这里指韩滂。滂生于贞元十八年（802）（见韩愈《韩滂墓志铭》），父死时才一周岁。韩滂出嗣十二郎的哥哥韩百川为子。一岁，一本作"十岁"，则当指韩湘。

⑨吾之子：韩愈有三子，长子韩昶，贞元十五年（799）生于徐州之符离，小名曰符。这年五岁。

⑩孩提：指初知发笑、尚在襁褓中的婴儿。后也指年幼的小孩。

【译文】

去年，孟东野到你那边去，我捎书信给你，说："我论年纪虽然还不到四十岁，可是两眼已经昏花，两鬓已经斑白，牙齿也摇摇晃晃。想到我的几位叔伯和几位兄长，身体健康却都过早地逝世，像我这样衰弱的人，难道能长命吗？我不能离开这儿，你又不肯来；我生怕自己早晚死去，使你忍受无边无际的悲哀啊！"谁料年轻的先死而年长的还活着，强壮的夭折而病弱的却保全了呢！唉！难道这是真的吗？还是在做梦呢？或者是传信的弄错了真实情况呢？如果是真的，像我哥哥这样有美好品德的人，上天反而会使他的后代夭折吗？像你这样纯洁聪明的人，却不能够蒙受父亲的福泽吗？年轻的强壮的反而夭亡，年长的衰弱的反而保全生存吗？我实在不能把这消息当成真的啊！如果这是在做梦，或者是传错了消息，可是，东野的通知书信，耿兰的报丧书信，为什么又分明放在我身边呢？唉！看来这是真的啊！像我哥哥这样有美好品德的人，苍天反而使他的后代夭折了！像你这样纯正聪明而应该继承先人家业的人，却不能够蒙受父亲的福泽啊！所谓"天"，实在难以测透；所谓"神"，实在难以弄明啊！所谓"理"，真是不能推断；所谓"寿"，根本不能预知啊！虽然如此，我从今年以来，花白的头发快要变得全白了，松动的牙齿快要脱落了。身体越来越衰弱，精神也越来越差了，恐怕用不了多久，就要跟着你死了！死后如果有知觉，那我们的分离还能有多久？如果没有知觉，那我哀伤的时间也就不会长，而不哀伤的日子倒是无穷无尽啊！你的儿子才一岁，我的儿子才五岁，年轻强壮的都不能保住，像这样的小孩儿，又怎么能期望他们长大、成人立业呢？唉，悲痛啊，真是悲痛！

　　汝去年书云："比得软脚病①，往往而剧。"吾曰："是疾也，江南之人，常常有之。"未始以为忧也。呜呼！其竟以此而殒其生乎？抑别有疾而至斯乎？汝之书，六月十七日也。东野云：汝殁以六月二日。耿兰之报无月日②。盖东野之使者不知问家人以月日；如耿兰之报，不知当言月日。东野与吾书，乃问使者，使者妄称以应之耳。其然乎？其不然乎③？

【注释】

①比：近来。软脚病：即脚气病。

②"汝之书"至"耿兰之报无月日"：指老成死前，韩愈还收到他最后的一封信，信是六月十七日写的，则他的死期自然是十七日以后，不可能是孟郊信里的六月二日，耿兰报丧的信又无日月，因而老成死期究竟是哪天，竟无从得知。

③"盖东野之使者"至"其不然乎"：此为韩愈揣测之词。如此亲人，自己竟然连死期都无法确定，难以遣怀的遗憾和锥心的痛楚溢于言表。

【译文】

　　你去年来信说："近来得了软脚病，常常加重。"我说："这种病，江南人多数有。"并不曾把它看成值得担忧的事。唉！难道竟然因为这种病夺去了你的生

清法若真《雪室读书图》

命吗?还是另有别的重病而造成这不幸呢?

你的信,是六月十七日写的。东野来信说,你是六月二日死的。耿兰报丧的信,没有说你死在哪月哪日。大概东野的使者不知道向你的家人问明日期;而耿兰报丧的讣文,不懂得应该说明日期。应该是东野给我写信时,才追问使者,而使者信口说个日期应付他。是这样呢?还是不是这样呢?

今吾使建中祭汝,吊汝之孤与汝之乳母①。彼有食可守以待终丧②,则待终丧而取以来;如不能守以终丧,则遂取以来。其余奴婢,并令守汝丧。吾力能改葬,终葬汝于先人之兆③,然后惟其所愿。

【注释】

①吊:慰问、安慰生者。

②终丧:古礼,人死三年除服,称为终丧。《孟子·滕文公上》:"三年之丧,……自天子达于庶人,三代共之。"

③兆:葬域,墓地。

【译文】

现在我派建中祭奠你,慰问你的孩子和你的乳母。如果生活可以维持到三年丧满,就等丧满以后接他们来;如果生活困难而不能守满期,那就现在把他们接来。其余的奴婢,让他们一起守丧。如果我有能力迁葬,一定把你的灵柩从宣州迁回安葬在祖先的坟地,这样才算了却我的心愿。

呜呼!汝病吾不知时,汝殁吾不知日;生不能相养于共居,殁不能抚汝以尽哀;敛不得凭其棺,窆不得临其穴①。吾行负神明,而使汝夭,不孝不慈,而不能与汝相养以生,相守以死。一在天之涯,一在地之角,生而影不与吾形相依,死而魂不与吾梦相接,吾实为之,其又何尤^②！彼苍者天，曷其有极^③！自今已往，吾其无意于人世矣！当求数顷之田于伊、颍之上^④，以待余年。教吾子与汝子，幸其成^⑤；长吾女与汝女，待其嫁^⑥，如此而已。呜呼！言有穷而情不可终，汝其知也邪？其不知也邪？呜呼哀哉！尚飨。

【注释】

①"汝病吾不知时"至"窆（biǎn）不得临其穴"：表达"在疾不省，于亡不临"（潘岳《杨荆州诔》）的内疚之情。敛，同"殓"。为死者更衣称小殓，尸体入棺材称大殓。窆，葬时下棺入穴。

②"吾行负神明"至"其又何尤"：流露韩愈引咎自责的心情。死而魂不与吾梦相接，表达思念之极而求梦通，而梦中也难谋面的遗憾与悲伤之情。陈子昂《祭韦府君文》："言笑无由，梦寐不接。"尤，归咎。

③彼苍者天，曷其有极：表达无可奈何的沉痛心情。语出《诗经·唐风·鸨羽》："悠悠苍天，曷其有极。"

④伊、颍（yǐng）：伊水和颍水，均在今河南境内。此指故乡。

⑤幸其成：希望他们长大成人。后来韩愈之子韩昶于穆宗长庆四年（824）中进士。老成之子韩湘长庆三年（823）中进士。幸，希望。

⑥待其嫁：韩愈三婿，李汉、蒋系、樊宗懿。老成之婿，李干，见《韩昌黎文集》。

【译文】

唉！你生病我不知道时间，你去世我不知道日期；你活着的时候我们不能住在一起互相照顾，你死的时候我又不能抚摸你的遗体，尽情痛哭；入殓时没能在你的棺前守灵，下葬时又没有亲临你的墓穴。我的行为辜负了神明，才使你这么早死去，我对上不孝，对下不慈，既不能与你相互照顾着生活，又不能和你互相依傍一起死去。一个在天涯，一个在地角。你活着的时候不能和我形影相依，死后魂灵也不在我的梦中显现，这都是我造成的灾难，又能抱怨谁呢?天哪，我的悲痛哪里有尽头呢!

从今以后，我对这个世界大概也就没有什么可以留恋的了!我要回到故乡去，在伊水、颖水旁边买几顷田，来度过我的余年。教育我的儿子和你的儿子，希望他们成才;抚养我的女儿和你的女儿，等到她们出嫁:我的心愿如此而已。

唉!话有说完的时候，而哀痛之情却不能穷尽，你知道呢?还是不知道呢?唉!悲哀啊!请享用祭品吧!

祭鳄鱼文

韩　愈

【题解】

元和十四年（819），韩愈作《谏迎佛骨表》而被贬为潮州（今广东潮州）刺史。潮州为荒蛮瘴疠之地，年过五十的韩愈在此次被贬中又遭逢不幸："以罪贬潮州刺史，乘驿赴任；其后家亦谴逐，小女道死，殡之层峰驿旁山下。"但韩愈对于直言谏诤毫不后悔，在《左迁至蓝关示侄孙湘》中云："一封朝奏九重天，夕贬潮州路八千。欲为圣明除弊事，肯将衰朽惜残年！"韩愈这股志意刚强之气，在这篇祭文中也表现得淋漓尽致。

古代祭文本有"祝文"一体，用以祷告神灵求福消灾。至唐，祝文与祭文合流，祭告山川灵物，即以"祭文"名篇。韩愈此文，即是针对潮州的鳄鱼，名为祝祷之辞，实为驱逐之文。《祭鳄鱼文》立意甚高，反面着笔，不言鳄鱼为害一方，而言后王德薄，鳄鱼方来，今天子圣明，鳄鱼当去；将鳄鱼之去来归因于天子之德行。又古代祭告山川灵物的祭文一般内容多祷告、祈求之辞，而本文却是讨伐鳄鱼的檄文，措辞严正，咄咄凛然，独具风采。姚鼐认为唐宋祭文大家"惟退之（韩愈）、介甫（王安石）而已"（《古文辞类纂序》），大家之风，于此祭文，可见一斑。

《旧唐书·韩愈传》云："初，愈至潮阳，既视事，询吏民疾苦，皆曰：'郡西湫水有鳄鱼，卵而化，长数丈，食民畜产且尽，以是民贫。'居数日，愈往视之，令判官秦济炮一豚一羊，投之湫水，咒之曰：……咒之夕，有暴风雷起于湫中。数日，湫水尽涸，徙于旧湫西六十里。自是潮人无鳄患。"韩愈《祭鳄鱼文》可谓威力大矣！

维年月日①，潮州刺史韩愈②，使军事衙推秦济③，以羊一、猪一，投恶溪之潭水④，以与鳄鱼食，而告之曰：

①维年月日：一作"维元和十四年四月二十四日"，唐宪宗元和十四年（819）。时韩愈五十二岁。

②潮州刺史：元和十四年（819）正月，韩愈作《论佛骨表》谏迎佛骨，震怒宪宗，贬为潮州（今广东潮州）刺史。刺史，官职名。唐行政分州、县两级，刺史为州的行政长官，位在节度使、观察使下。

③军事衙推：官职名。刺史属官，主管诉讼。

④恶溪：即恶水。水名，今广东韩江及其上游梅江。韩愈《潮州刺史谢上表》："过海口，下恶水。"

【译文】

某年某月某日，潮州刺史韩愈派遣军事衙推秦济，用羊一只、猪一头，投入恶溪的深水中，给鳄鱼吞食，并告知鳄鱼说：

昔先王既有天下①，列山泽②，罔绳擉刃③，以除虫蛇恶物为民害者，驱而出之四海之外④。及后王德薄⑤，不能远有，则江、汉之间⑥，尚皆弃之以与蛮、夷、楚、越⑦，况潮岭海之间⑧，去京师万里哉？鳄鱼之涵淹卵育于此，亦固其所⑨。

55

祭鳄鱼文

【注释】

①先王：指上古三皇五帝等君王。有：统治。

②列：通"烈"。焚烧。

③罔绳擉（chuò）刃：指用绳子和利刃来捕捉刺杀。罔，同"网"。擉，刺，扎。

④以除虫蛇恶物为民害者，驱而出之四海之外：二句言先王时尽驱害民之恶物，为下文驱逐鳄鱼伏笔。

⑤后王：指中古以力征战的君王，如春秋五霸等。

⑥江、汉：指长江汉水。

⑦蛮夷：对南方和东方少数民族的蔑称。楚：古国名，在今湖

⑧况潮岭海之间，去京师万里哉：指后代君王不能保有江汉之地，更不用说远在岭海之间的潮了。岭海之间，潮州地处五岭以南、南海之北，故称潮州在岭海之间。岭，五岭。

⑨鳄鱼之涵淹卵育于此，亦固其所：指鳄鱼潜伏生长在潮州的恶溪，不是本身的罪过，而是"王德薄"的缘故，责在君王，反衬下文"天子神圣慈武"。涵淹，潜伏。卵育，繁殖生长。

清汤禄名《明月种树图》

【译文】

从前古代君主据有天下以后，焚烧山林和水泽，用绳网和利刃捕捉和刺杀毒蛇猛兽等危害百姓的恶物，把它们驱逐到四海之外。到后来君主的德行薄弱，无法广泛地据有边远之地，就是长江、汉水之间的土地，也还全部放弃，被蛮夷楚越占有，更何况处于五岭和南海之间的潮州、这一距离京师有万里之遥的地方呢？鳄鱼在恶溪潜伏繁殖，也就本来居得其所。

今天子嗣唐位①，神圣慈武②，四海之外，六合之内，皆抚而有之③；况禹迹所掩，扬州之近地④，刺史、县令之所治，出贡赋以供天地宗庙百神之祀之壤哉⑤？鳄鱼其不可与刺史杂处此土也⑥。刺史受天子命，守此土，治此民，而鳄鱼睅然不安溪潭⑦，据处食民畜、熊、豕、鹿、獐，以肥其身，以种其子孙⑧；与刺史亢拒，争为长雄⑨；刺史虽驽弱⑩，亦安肯为鳄鱼低首下心⑪，伈伈睍睍⑫，为民吏羞⑬，以偷活于此邪！且承天子命以来为吏，固其势不得不与鳄鱼辨⑭。

【注释】

①天子：指唐宪宗李纯。嗣：继承。

②慈武：仁爱英武。

③四海之外，六合之内，皆抚而有之：三句言今之天子"非德薄"，含有鳄鱼自应远去之意。四海，指天下，全国各地。六合，指天地四方。抚，占据。《左传·襄公十三年》："抚有蛮夷。"

④况禹迹所揜（yǎn），扬州之近地：比之四海、六合，潮州属于内地，自然在天子德化之内。禹迹所揜，大禹治水时将天下分为九州，扬州是其一。潮州在古代属于扬州。揜，遮蔽，掩盖。

⑤刺史、县令之所治，出贡赋以供天地宗庙百神之祀之壤哉：意谓潮州作为给天子供奉赋税的小小的州县之地，更在天子德化之内。壤，土壤，区域，这里指潮州。

⑥鳄鱼其不可与刺史杂处此土也：此句向鳄鱼下逐客之令。其，加强语气，表示命令。

⑦睅（hàn）：眼睛瞪大突出。不安溪潭：在恶溪深水里为害。

⑧以肥其身，以种其子孙：指以此养肥它的身体，繁衍它的子孙。种，繁殖。

⑨与刺史亢拒，争为长雄：指同刺史抗拒，争着做长称雄。亢，通"抗"。

⑩驽（nú）弱：比喻才能低下。驽，劣马。

⑪低首下心：低头屈心。

⑫伈伈（xǐn）：恐惧的样子。睍睍（xiàn）：不敢睁大眼睛看的样子。比喻怯懦。

⑬为民吏羞：被百姓和官吏所羞辱。

⑭且承天子命以来为吏，固其势不得不与鳄鱼辨：指退一步讲驱逐鳄鱼的道理。辨，分出是非。

【译文】

当今天子继承了大唐王朝的君位，天子神灵圣明，仁爱英武。四海、六合等天地四方各地都已经被天子所安抚归顺而成为唐王朝的区域，何况潮州这样的早就被禹的足迹曾经到过、靠近扬州的腹地、刺史和县令所治理、出产赋税供给天地宗庙的祭祀品的地区呢？鳄鱼是不可以同刺史再混处在潮州了。刺史接受天子的命令，守护潮州的土地，治理潮州的百姓，而鳄鱼却虎视眈眈地不安分于恶溪深水之中，占据在恶溪水中，吞食百姓和六畜，以及野熊、猪、鹿、獐等动物，因此而吃肥了它们的身体，繁衍着它们的子孙；和刺史抗拒，争着做长称雄；刺史即使才能低下、势力软弱，又怎么愿意向鳄鱼低头屈服，恐惧懦弱，而被官吏百姓所羞辱、苟且偷生在潮州呢！况且刺史是奉天子的命令而来潮州任职的，所以从情势上讲也不能不和鳄鱼辨明是非。

鳄鱼有知，其听刺史言：潮之州，大海在其南，鲸、鹏之大，虾、蟹之细，无不归容①，以生以食②，鳄鱼朝发而夕至也。今与鳄鱼约：尽三日，其率丑类南徙于海③，以避天子之命吏④；三日不能，至五日；五日不能，至七日；七日不能，是终不肯徙也。是不有刺史、听从其言也⑤；不然，则是鳄鱼冥顽不灵⑥，刺史虽有言，不闻不知也。夫傲天子之命吏⑦，不听其言，不徙以避之，与冥顽不灵而为民物害者，皆可杀。刺史则选材技吏民⑧，操强弓毒矢，以与鳄鱼从事⑨，必杀尽乃止。其无悔⑩！

【注释】

①鲸、鹏之大，虾、蟹之细，无不归容：形容南海水域辽阔，巨

大细小之物都畅通无阻，鳄鱼去路宽阔。鲸，鲸鱼。鹏，传说中巨大的海禽。语出《庄子·逍遥游》："鹏之背，不知其几千里也；怒而飞，其翼若垂天之云。"

②以生以食：指鳄鱼依靠大海生存捕食。以，因，依。

③丑类：恶类，指大小鳄鱼。

④命吏：指朝廷任命的官吏。

⑤是终不肯徙也，是不有刺史、听从其言也：意谓这表明你们终究不肯迁徙了，这也表明你们眼中没有刺史而不愿听从刺史的话了。

⑥冥顽不灵：愚钝无知，没有灵性。

⑦傲：傲视，蔑视。

⑧选材技：指挑选武艺出众之士。语出《荀子·王制》："案谨选阅材技之士。"注云："材技，武艺过人者，犹汉之材官也。"

⑨从事：指较量。

⑩其无悔：你们不要后悔。无，通"毋"。

【译文】

鳄鱼！你们如果有知，就听刺史的话：潮州这地方，南面就是大海。巨大如鲸鱼、大鹏，细小如虾米、螃蟹，没有一样不能被大海所包容归纳，你们鳄鱼依靠捕食海里生物而生长，早晨出发傍晚就到南海了。现在和你们鳄鱼约定：三日之内，率领你们大大小小的恶类向南迁徙到大海里去，躲避开天子派来的朝廷命官；三天来不及，就宽限到五天；五天仍来不及，就宽限到七天；七天仍不离开，这就表明你们终究不肯迁徙了，这也表明你们眼中没有刺史而不愿听从刺史的话了。如果不是这样，那就是鳄鱼愚钝无知，没有灵性，所以虽然刺史有言在先，但鳄鱼听不见不知道了。傲视天子派来的命官，不听命官的话，不迁徙而避开命官，这与那些冥顽不灵危害百姓的恶物一样，都可以杀。刺史就会选拔有卓越技能的官吏和百姓，操持劲弓毒箭，和鳄鱼较量，一定要杀尽鳄鱼才罢休。你们可不要后悔！

祭吕衡州温文

柳宗元

【题解】

元和六年（811）八月，衡州刺史吕温病逝于任上，年仅四十。吕温"有奇逸之气"，抱有"扶世济民"之志，胸怀经世致用之才。虽然不在"二王八司马"之列，但颇得王叔文赏识，被其赞为"奇才"，在永贞革新集团中有重要的地位。

柳宗元与吕温是同乡，又是中表亲，都师从陆质学《春秋》。柳宗元一生受吕温影响很大，称吕温为"交侣平生意最亲"（《段九秀才处见亡友吕衡州书迹》），对他的抱负、才能、学问、文章都极推崇，认为时局暗弱，正需要这样力挽狂澜、扭转乾坤的能人。幸运的是，"永贞革新"时，吕温出使吐蕃，于元和元年（806）才回到长安，是王叔文集团中极少的免遭革新失败牵连的人。作为"永贞革新"

柳宗元像

的中坚人物，柳宗元遭贬后，曾将革新弊政的希望寄托在吕温身上。但元和三年（808），吕温因得罪宰相李吉甫而先贬均州，再贬道州，转徙衡州，空怀济世安人略。时柳宗元在永州贬所，永州与衡、道两州紧邻，多有交往。吕温追求"惟活元元"，柳宗元一生"兴尧舜孔子之道，利安元元为务"，他们走在革除弊政的前列，承受敌对势力的攻击，被贬后又都努力治政，遗惠一方。

吕温的不幸去世，令柳宗元和他的友人为失去这样的挚友和同志而扼腕叹息、悲痛万分。柳宗元《唐故衡州刺史东平吕君诔》："君之卒，二州之人哭者数月。""余居永州，在二州中间，其哀声交于南北，舟船之上下，必呱呱然，盖尝闻于古而睹于今也。"在柳宗元看来，吕温的文章足以流传后世，吕温的政绩足以功盖当朝，但吕温还远远没有尽情发挥自己的才华，这个时代，没有让他大显身手建立功名。这既是对吕温的高度赞扬，也是慨叹吕温的生不逢时，同时还暗含对自身遭遇的感喟。

本文写法独特，开篇怨毒忧愤之气就喷薄而出，结篇十五个问句，又将哀怜惨恻之情倾泻而出，令人惊心，动人心魄，可谓情深痛彻，字字千钧。

　　维元和六年①，岁次辛卯，九月癸巳朔某日，友人守永州司马员外置同正员柳宗元②，谨遣书吏同曹、家人襄儿③，奉清酌庶羞之奠，敬祭于吕八兄化光之灵④：

【注释】

　　①元和六年：唐宪宗李纯元和六年（811）。

　　②守永州司马员外置同正员：守，官阶低而所署官高曰守。司马，官名，州刺史的副职。至唐成为闲职。柳宗元于元和元年（806）被贬为永州司马。员外，员外郎的简称。柳宗元于永贞元年（805）任礼部员外郎。正员，犹正官，编制内的官员，相对赠官而言。

　　③书吏：管理文书的小吏。同曹：人名。

　　④吕八兄化光：吕温，字和叔，一字化光，东平人。行八，故称吕八。贞元十四年（798）进士，官终衡州刺史，世称吕衡州。吕温长柳宗元一岁。

【译文】

　　元和六年九月某日，友人守永州司马员外置同正员柳宗元，谨派遣书吏同曹、家人襄儿，供上清酒佳肴的祭品，恭敬地吊祭于吕八兄长化光的灵前：

　　呜呼天乎！君子何厉①？天实仇之②；生人何罪③？天实雠之④。聪明正直，行为君子，天则必速其死。道德仁义，志存生人，天则必夭其身。吾固知苍苍之无信⑤，莫莫之无神⑥，今于化光之殁，怨逾深而毒逾甚⑦，故复呼天以云云。

【注释】

　　①厉：罪恶。

　　②仇（qiú）：怨，恨。

　　③生人：生民，百姓。

　　④雠（chóu）：仇敌。《诗经·邶风·谷风》："不我能慉，反以我为雠。"

　　⑤苍苍：指天。《庄子·逍遥游》："天之苍苍，其正色耶？"

　　⑥莫莫：指神。扬雄《甘泉赋》："神莫莫而扶倾。"

　　⑦"君子何厉"至"怨逾深而毒逾甚"：斥天愤天，怨毒之情喷薄而出，表达天不佑善的悲痛哀伤，撼人心魄，令人叹惋。

【译文】

　　唉，天啊！君子有何罪恶？上天竟怨恨他们；百姓有何罪过？上天竟仇视他们。聪明正直，行为符合君子的规范，上天就一定要加速他们的死亡。讲道德有仁义，志在拯救百姓，上天就一定要摧折他的生命。我本来知道上天没有信用，神灵不会灵验，现在从化光的死来看，我对上天神灵的怨毒之情越来越深，所以又呼怨上天了。

　　天乎痛哉！尧、舜之道，至大以简；仲尼之文，至幽以默①。千载纷争，或失或得，倬乎吾兄，独取其直②。贯于化始，与道咸极③。推而下之④，法度不忒。旁而肆之，中和允塞⑤。道大艺备⑥，斯为全德⑦。而官止刺一州⑧，年不逾四十，佐王之志，没而不立，岂非修正直以召灾，好仁义以速咎者耶？

【注释】

①幽：深奥。默：意味深长。

②倬（zhuō）乎吾兄，独取其直：只有杰出的兄长获得了真理。柳宗元《唐故衡州刺史东平吕君诔》："春秋之元，儒者咸惑。君达其道，倬焉孔直。圣人有心，自我而得。"倬乎，高大的样子。直，《荀子修身》："是谓是，非谓非，曰直。"

③贯于化始，与道咸极：吕温有《人文化成论》。柳宗元《唐故衡州刺史东平吕君诔》："宣于事业，与古同极。"

④推而下之：吕温有《三不欺先后论》，主张为政应由施刑罚到尚信礼到行仁义。

⑤允塞：公平信实。《尚书·尧典》："濬哲文明，温恭允塞。"

⑥艺备：才学完备。吕温曾跟随陆质研治《春秋》，向梁肃学写文章，学有渊源，勇于艺能。

⑦全德：高度赞扬吕温的道德文章和卓越才华。《庄子·天地》："天下之非誉，无益损焉，是谓全德者。"

⑧官止刺一州：吕温于元和三年（808）贬均州刺史，再贬道州刺史；元和五年徙衡州刺史，在任一年而卒。

【译文】

天啊！伤痛啊！尧舜的治道，最为广大而简明；孔子的文章，最为深奥而意长。千年以来纷纭争论，患得患失，卓荦超凡的兄长，只有他理解了真谛。并贯穿于为政教化之道，与仁道和谐至极。他将自己的主张推广到具体的实践中，使得法度不会出错。他又从旁扩展充实，使得法度中正平和切实可行。执道至大，才学完备，这真是德才兼备的人才。然而他仅仅做了一州的刺史，年纪不过四十岁，辅佐君王的壮志，至死未能实现，难道不是修养正直的德行却招来灾祸，热爱仁义却更快导致过错吗？

元赵孟頫《松荫会琴图》

宗元幼虽好学①，晚未闻道，洎乎获友君子②，乃知适于中庸③，削去邪杂，显陈直正，而为道不谬，兄实使然④。呜呼！积乎中不必施于外，裕乎古不必谐于今⑤，二事相期，从古至少，至于化光，最为太甚。理行第一⑥，尚非所长，文章过人⑦，略而不有，素志所蓄，巍然可知⑧。贪愚皆贵，险很皆老，则化光之夭厄，反不荣欤？所恸者志不得行，功不得施，蚩蚩之民⑨，不被化光之德；庸庸之俗，不知化光之心。斯言一出，内若焚裂。海内甚广，知音几人？自友朋凋丧，志业殆绝⑩，唯望化光伸其宏略，震耀昌大，兴行于时，使斯人徒，知我所立⑪。今复往矣，吾道息矣⑫！虽其存者，志亦死矣！临江大哭，万事已矣⑬！穷天之英，贯古之识，一朝去此，终复何适⑭？

【注释】

①好学：《论语·学而》："子曰：'君子食无求饱，居无求安，敏于事而慎于言，就有道而正焉，可谓好学也已。'"

②洎（jì）：及，到。君子：对亡友的尊称。

③适：归从。中庸：儒家的道德标准，指待人接物不偏不倚，调

和折中。《论语·雍也》："中庸之为德也，其至矣乎。"

④为道不谬，兄实使然：回忆与亡友的友谊，道出对亡友的感激之情。柳宗元《与吕道州论非国语书》："吾自得友君子，而后知中庸之门户阶室，渐染砥砺，几乎道真。"

⑤积乎中不必施于外，裕乎古不必谐于今：胸中蓄积的经天纬地之才未必就能在实践中施展出来，对于古代有充裕的认识但未必能与现实相和谐。

⑥理行：犹治行，政绩。《新唐书·吕温传》："温在衡州，治有善状。"

⑦文章过人：《旧唐书·吕温传》："温天才俊拔，文采赡逸，为时流柳宗元、刘禹锡所称"，其文"有丘明、班固之风"。《新唐书·吕温传》："温操翰精富，一时流辈咸推尚。"

⑧素志所蓄，巍然可知：柳宗元《唐故衡州刺史东平吕君诔》："世徒读君之文章，歌君之理行，不知二者之于君其末也。"素志，平生的志向。

⑨蚩蚩（chī）：忠厚的样子。《诗经·卫风·氓》："氓之蚩蚩，抱布贸丝。"

⑩志业殆绝：志向和事业几乎断绝，指永贞革新的失败。

⑪使斯人徒，知我所立：对亡友寄予满腔的期望。

⑫今复往矣，吾道息矣：抒发志业成为泡影的悲凉与痛惜之情。

⑬临江大哭，万事已矣：表达万事皆空的绝望之情。临江，柳宗元《唐故衡州刺史东平吕君诔》："十二月十四日，藁葬江陵。"

⑭终复何适：表达发自肺腑的缅怀之情，辞切意深。

【译文】

宗元我虽然幼年就喜好学习，但年龄渐长还没有懂得真理，等到结识了您之后，才知道归从中庸大道，除去邪行杂说，表现忠直正义的言行，从而推行道义无所差错，确实是兄长帮助我达到了这一境界。唉！胸中蓄积有经天纬地之才但未必就能在实践中施展出来，对于古代有充分的认识但未必能与现实相和谐，这两方面都能做到，自古极少，而在化光身上，体现得最为典型。政绩一流，这却不是他所最擅长的，文章超群，他却忽略不以为然，平生蓄积的志向之高，就可想而知了。贪婪愚笨的人得以显贵，奸邪狠毒的人得以长寿，然而化光这样的全德之人却困厄短命、反而不被上天眷顾吗？我最悲恸的是，他的志向不能实现，功业不能推广，憨厚的百姓，不能沐浴化光的德行；平庸俗人，无法理解化光的衷心。此言一出，心如火烧。天下之大，知音有几个？朋友陆续死亡，大业几乎失败，只期望化光能够施展宏谋，发扬光大，将大业推行于当代，让那批人知道我们所树立的志向和事业。现在化光又走了，我们所追求的要成为泡影了。即使还有人活着，他的心也死了！面对大江，放声恸哭，一切结束了！普天下难得的英杰，古往今来难得的有识之士，一旦离开人世，最后又会魂归何处啊？

嗚呼化光！今复何为乎^①？止乎行乎^②？昧乎明乎^③？岂荡为太空与化无穷乎^④？将结为光耀以助临照乎^⑤？岂为雨为露以泽下土乎^⑥？将为雷为霆以泄怨怒乎？岂为凤为麟、为景星为卿云以寓其神乎^⑦？将为金为锡、为圭为璧以栖其魄乎^⑧？岂复为贤人以续其志乎？将奋为神明以遂其义乎^⑨？不然，是昭昭者其得已乎^⑩，其不得已乎？抑有知乎？其无知乎？彼且有知，其可使吾知之乎？幽明茫然^⑪，一恸肠绝^⑫。嗚呼化光！庶或听之^⑬。

【注释】

①今复何为乎：以下连用十五个疑问句，仰天长叹，设想亡友死后情形，因悲恸而神思恍惚的神情，表达悲痛欲绝的悲哀之情。

②止：立，休息。行：奔走。

③昧：指阴间。明：指阳世。

④化：物化。

⑤临照：照耀。《诗经·邶风·日月》："日居月诸，照临下土。"

⑥泽：滋润。下土：大地。

⑦景星：瑞星。卿云：祥云。寓：寄托。

⑧为金为锡、为圭为璧：语出《诗经·卫风·淇奥》："如金如锡，如圭如璧。"

⑨遂其义：不断追求道义。

⑩昭昭：光明的样子。指亡友光明磊落的一生。

⑪幽明：《易·系辞上》韩康伯注："幽明者，有形无形之象。"指生与死，阴间与人间。元稹《江陵三梦》："平生每相梦，不省两相知，况乃幽明隔，梦魂徒尔为。"

⑫肠绝：犹断肠。柳宗元《同刘二十八哭吕衡州兼寄李、元二侍郎》："衡岳新摧天柱峰，士林憔悴泣相逢。只令文字传青简，不使功名上景钟。三亩空留悬磬室，九原犹寄若堂封。遥想荆州人物论，几回中夜忆元龙。"

⑬庶或：或许，也许。《后汉书·和帝纪》："若上下同心，庶或有瘳。"

【译文】

唉，化光啊！现在你又在做什么呢？你是在休息还是在奔走？是已经归于地府还是仍飘荡人间？难道你要飘浮空中与万物同化吗？还是将聚为光芒辅助日月照耀天下？难道你要化为雨露来滋润大地吗？还是将成为雷霆发泄满腔怨怒？你将变为凤麟为瑞星为祥云来寄托你的神灵呢？还是要变为金锡圭璧来栖息你的魂魄？难道还要降生为贤人继续实现你的志向？还是将升华为神明不断追求道义？如果不是这样，那么你这光明磊落的一生难道就这样结束了吗？还是不甘心就这样结束呢？你还有知觉呢？还是没有知觉呢？如果你尚有知觉，可以让我知道你现在的情形吗？生死茫茫，长哭一声，令人断肠啊！唉，化光！你或许能听见我的倾诉吧。

祭亡妻韦氏文

元 稹

【题解】

这是唐代文人元稹悼念亡妻的祭文。唐德宗贞元十八年（802），元稹与元配妻子韦丛结婚。时元稹二十四岁，官秘书省校书郎，风华正茂；韦氏二十岁，是京兆尹、太子少保韦夏卿之幼女，懿淑有闻，两人可谓才子淑女，伉俪情深。元和四年（809）七月，韦丛病亡。元稹时任监察御史，年三十一岁。在韦丛死后近两年时间，他陆续写了三十余首悼亡诗，表达沉痛的悼念。

元稹之悼亡，多的是对亡妻的抱憾与感激。这种抱憾，主要是因为自己出身寒门，生活清贫，名门出身的妻子却毫无怨言，体贴温婉，两情弥笃。后来自己升官了，俸禄大增，妻子却病逝了。元稹感激妻子与自己结婚七年甘苦与共，又虽生五子，仅存一女，有诗云："诚知此恨人人有，贫贱夫妻百事哀。"（《遣悲怀》）

《祭亡妻韦氏文》大约写于元和六年（811）前。祭文本"以寓哀伤之意"（徐师曾《文体明辨序说·祭文》），而此文却独出心裁，以"不悲"贯穿始终。始曰"死何足悲"，终曰"死犹不悲"，令人如"冷水浇背，陡然一惊"，然而，看似极冷极无情的洒脱背后，却是极哀极黯然的衷情。通观全文，之所以"不悲"，实在是因为有"隐于幸中之言"的相知于生前，此生足矣！可谓"胸中自有透顶解脱，意中却是透骨相思"。纵然元稹身后有纷纭的议论，但此时，相知于贫贱的感激与抱憾，却是真实的。

　　呜呼！叙官阀，志德行，具哀词，陈荐奠①，皆生者之事也，于死者何有哉②？然而死者为不知也，故圣人以无知□□③。呜呼！死而有知，岂夫人而不知予之心乎？尚何言哉？且曰人必有死，死何足悲？死且不悲，则寿夭贵贱，缞麻哭泣④，藐尔遗稚⑤，蹙然鳏夫⑥，皆死之末也，又何悲焉⑦？

【注释】

①"叙官阀"至"陈荐奠"：指一般写祭文祭死者的程式。官阀，官阶门第。志，记述。具，陈述。陈荐奠，陈设祭品。荐奠，犹祭奠，本指祭祀的仪式，即向鬼神敬献祭品。引申作祭品。

②皆生者之事也，于死者何有哉：生者的祭奠，即使是再隆重的悼亡，对于死者又有什么意义呢？即元稹悼亡诗"邓攸无子寻知命，潘岳悼亡犹费词"（《遣悲怀》）之意。

④缞（chī）麻：用粗麻布制成的丧服。这里指披麻戴孝。按古礼，根据与死者关系的亲疏，丧服分为斩缞、齐缞、大功、小功、缌麻五等，称为五服。韦氏之丧，元稹当为妻服齐缞一年，而韦氏女当为母服斩缞三年。

⑤藐尔遗稚：身后留下孤单的弱女。按韦氏"虽生五子，仅存一女"。藐尔，弱小的样子。遗稚，遗孤。陶渊明《祭程氏妹文》："藐藐孤女，何依何恃"、"寥寥空室，哀哀遗孤"。

⑥蹙（cù）然鳏（guān）夫：因丧妻而忧愁哀伤的丈夫。蹙然，忧愁不悦的样子。蹙，皱眉。鳏夫，成年无妻或丧妻的男子。

⑦死之末也，又何悲焉：故作洒脱无谓之词，却透露出丧妻的深沉悲哀。末，树梢，引申为次要的。

【译文】

唉！叙述官阶门第，记述道德品行，陈述哀伤的文辞，摆设酒食祭品，这都是活着的人所做的事，对于死去的人，有什么意义呢？人们虽然这样做了，死者却是全然不知的，所以圣人认为无知□□。唉！人死了如果有知觉，夫人那样的人，难道会不理解我的心意吗？还有什么可说的？况且人必有一死，死又有什么值得悲伤的呢？死这么重大的事，尚且不悲伤，那么长寿夭折，尊贵贫贱，披麻戴孝，痛哭流涕，丧母的幼子，失妻的丈夫，种种都是次要的事情，更有什么可悲的呢？

　　况夫人之生也，选甘而味，借光而衣，顺耳而声，便心而使^①。亲戚骄其意，父兄可其求^②，将二十年矣^③，非女子之幸耶^④？逮归于我^⑤，始知贱贫，食亦不饱，衣亦不温^⑥。然而不悔于色，不戚于言^⑦，他人以我为拙，夫人以我为尊；置生涯于澒落，夫人以我为适道^⑧；捐昼夜于朋宴，夫人以我为狎贤^⑨，隐于幸中之言^⑩。呜呼！成我者朋友，恕我者夫人^⑪，有夫如此之感也，非夫人之仁耶？呜呼歔欷，恨亦有之^⑫。始予为吏，得禄甚微^⑬，以日前之戚戚，每相缓以前期^⑭。纵斯言之可践，奈夫人之已而^⑮。况携手于千里，忽分形而独飞^⑯。昔惨凄于少别，今永逝与终离^⑰。将何以解余怀之万恨^⑱？故前此而言曰，死犹不悲。呜呼哀哉，惟神尚飨。

【注释】

周秉沂《张敞画眉图》

　　①"选甘而味"至"便心而使"：写韦氏未嫁时在娘家的优裕生活，百事顺遂。元稹《梦游春七十韵》："韦门正全盛，出入多欢裕。"味，吃。顺耳，指符合心意，听着舒服。声，听。

　　②亲戚骄其意，父兄可其求：此二句互文，写韦氏未嫁时的娇养，即《遣悲怀》"谢公最小偏怜女"之意。骄，放纵，满足。可，满足。

　　③将二十年矣：韦氏二十岁时嫁与元稹，故言韦氏在娘家近二十年。

④非女子之幸耶：自"选甘而味"至此，承上文"又何悲焉"，以韦氏出身名门百事顺遂之幸来说明"不足悲"，反衬下文"始知穷贱"，愈写出韦氏之"仁"与自己的愧疚。

⑤逮归于我：指韦氏屈身下嫁。逮，及，到。归，出嫁。

⑥始知贱贫，食亦不饱，衣亦不温：对比未嫁时节，叹惜妻子命运不好，因为嫁给自己这样一个寒士为妻，过着贫困的生活，百事都不遂心，即《遣悲怀》"自嫁黔娄百事乖"之意。食亦不饱，元稹悼亡诗云"自言并食寻常事"，并食指两顿饭并一顿饭吃。

⑦然而不悔于色，不戚于言：赞美韦氏不慕虚荣，安于贫贱，元稹悼亡诗云"野蔬充膳甘长藿，落叶添薪仰古槐"。戚，忧伤。

⑧置生涯于濩（huò）落，夫人以我为适道：指自己生活沦落困窘，妻子认为是志在求道而安贫。生涯，生计。濩落，即"廓落"，引申为沦落失意。王昌龄《赠宇文中丞》诗："仆本濩落人，辱当州郡使。"韩愈《赠族侄》诗："萧条资用尽，濩落门巷空。"适道，志于道，追求道。《论语·子罕三十》："子曰：'可与共学，不可以适道。'"

⑨捐昼夜于朋宴，夫人以我为狎贤：指整日与朋友聚会宴乐，妻子认为我是在亲近贤人。捐，贡献，这里指花费。朋宴，聚朋宴饮。

⑩隐于幸中之言：表达对妻子相知的感谢之情。"置生涯于濩落"、"捐昼夜于朋宴"这种姿态与行为背后的隐衷，别人不理解（认为是失意或宴乐），妻子因亲爱我而侥幸言中（认为是求道与亲贤）。

⑪恕：包容，理解。

⑫呜呼歔欷（xū xī），恨亦有之：元稹《遣悲怀》："诚知此恨人人有，贫贱夫妻百事哀。"歔欷，抽泣，哽咽。恨，遗憾。

⑬始予为吏，得禄甚微：元稹与韦丛结婚的时候，初入仕途，官职是秘书省校书郎，一介小官，俸钱很少。

⑭以日前之戚戚，每相缓以前期：指贫贱困窘时，常以"我们未来的日子会好起来"为辞安慰韦氏。日前，当时，指"始予为吏"时。戚戚，忧惧、忧伤的样子。陶渊明《五柳先生传》："不戚戚於贫贱，不汲汲於富贵。"前期，未来的日子。

⑮纵斯言之可践，奈夫人之已而：死者已矣，纵然"今日俸钱过十万，与君营奠复营斋"（《遣悲怀》），也永远无法补偿了！表达心中无限抱憾之情。纵，即使。践，实现。已，去，离开人世。陶渊明《祭程氏妹文》："奈何程妹，于此永已。"

⑯况携手于千里，忽分形而独飞：二句指本来期望长相厮守，不料韦氏忽然离世，由期望跌入绝望。反用阮籍《咏怀诗》："携手等欢爱，宿昔同衣裳。愿为双飞鸟，比翼共翱翔。"

⑰昔惨凄于少别，今永逝与终离：指过去游宦在外短暂的分别已然惨凄伤心，现在永别更情何以堪！

⑱将何以解余怀之万恨：元稹悼亡诗"惟将终夜长开眼，报答平生未展眉"，有终身为鳏、不复再娶之意。

【译文】

何况夫人自出生以后，挑选可口的食物来享用，靠着家境的优裕而穿衣，听悦耳之言，任性而行。亲朋好友顺从你的意愿，父亲兄长满足你的要求，能够近二十年过这样的日子，作为一个女子，不是极其幸运的事吗？到嫁给我以后，你才知道什么是贫贱，吃也吃不饱，穿也穿不暖啊。尽管这样，你脸上也没有后悔的神情，言谈中没有忧伤的语调。别人认为我笨拙，夫人认为我很尊贵；我失意沦落而困窘，夫人认为是我安贫乐道；我整日把时间花费在朋友的聚会宴享中，夫人认为我是在亲近贤人。我隐在内心的苦衷，夫人因亲爱我而侥幸言中了。唉！使我有所成就的是朋友，包容理解我的是夫人啊！让我产生这样的想法，难道不是因为夫人的仁德吗？唉！伤叹落泪啊，又有那么多的遗憾！最初我做官时，获得的俸禄很微薄，对于当时困窘的生活，我常常以将来境遇会好起来的言辞来宽慰你。即使将来这些话可以实现，怎奈夫人你已经去世了啊！况且本来期望常相厮守，不料你抛我而独去。昔日游宦在外短暂的离别就惨凄伤心，现在生死永别情更何以堪！怎样才能消解我心中的万千遗恨啊？所以前面说："面对死亡却不忧伤。"唉，伤痛啊！希望你的魂灵来享用祭品。

祭浮梁大兄文

白居易

【题解】

浮梁县，今江西景德镇。白居易的长兄白幼文，于贞元十五年（799）起任浮梁县主簿，故称"浮梁大兄"。据考，白幼文与白居易是同父异母的兄弟，白幼文年纪比白居易大许多。父亲白季庚病逝后，白居易便前往浮梁依托大兄。主簿为主管文书之类的小官，年薪三十担粮食。白幼文分"微禄"以归养母亲弟兄。白居易《伤远行赋》云："贞元十五年春，吾兄吏于浮梁。分微禄以归养，命余负米而还乡。"因而白居易很敬重大兄，对大兄怀有深厚的爱敬之情。元和十二年（817），白幼文病逝。白居易于当年五月写下哀痛的《祭浮梁大兄文》，并于次年将大兄的灵柩送回下邽南原先茔安葬。

就在大兄白幼文病逝前三年，元和十年（815），两河藩镇势力派人刺杀主张讨伐藩镇的宰相武元衡，白居易率先上疏请急捕凶手以雪国耻，却被贬为江州（今江西九江）司马。江州与浮梁相隔仅百余公里。元和十一年（816），白居易至江州。谪居僻地本不得意，白居易曾以琵琶女"商人重利轻别离，前月浮梁买茶去"的不幸，抒发"同是天涯沦落人"的失意。所幸得与大兄在江州相聚，不料大兄中年遽亡。联想兄弟四人，幼弟金刚奴早年夭殇，三弟行简远在千里之外，手足离散；而自己已四十有六，膝下无男，仕宦蹭蹬。

白居易《与元九书》云："感人心者，莫先乎情。"《祭浮梁大兄文》即是情至之文，倾泻其不胜悲哀之情，兼寓身世之悲，凄恻伤感。

白居易像

祭浮梁大兄文

维元和十二年岁在丁酉闰五月己亥①，居易等谨以清酌庶羞之奠，再拜跪奠大哥于座前②。

伏惟哥孝友慈惠，和易谦恭，发自修身，施于为政③。行成门内，信及朋僚④。廉干露于官方，温重形于酒德⑤。冀资福履，保受康宁⑥。不谓才及中年，始登下位⑦；辞家未逾数月，寝疾未及两旬⑧，皇天无知，降此凶酷！交游行路，尚为兴叹；骨肉亲爱，岂可胜哀！举声一号，心骨俱碎。今属日时叶吉⑨，窆岁有期⑩，下邽南原，永附松槚⑪。居易负忧系职⑫，身不自由：伏枕之初⑬，既阙在左右；执绋之际⑭，又不获躬亲⑮。痛恨所钟，倍百常理。

【注释】

①元和十二年：唐宪宗李纯元和十二年（817）。

②大哥：白居易长兄白幼文于贞元十五年（799）赴任饶州浮梁县（今江西景德镇）主簿。

③发自修身，施于为政：赞美大兄美德源自修养身心，又施行在管理政务上。

④行成门内，信及朋僚：赞美大兄行为操守培养于家庭，而被同僚信任。以上四句寓"修身齐家治国"之意。

⑤廉干露于官方，温重形于酒德：指廉洁干练的操守在做官中表现出来，温和稳重的性情即使是饮酒时也不改变。表达对于兄长的赞颂敬仰之情。

⑥冀资福履，保受康宁：希望积累福禄，受到上天的保佑而健康安宁。福履，福禄。《诗经·周南·樛木》："乐只君子，福履绥之。"

⑦下位：品级低微的官吏职位，指主簿之职。

⑧辞家未逾数月，寝疾未及两旬：指大兄之亡，实出意外，表达哀思、痛悼之情。元和十年（815），白居易被贬为江州司马。元和十一年（816）白居易至江州，七月大兄携诸弟妹来江州相聚，不

久辞归，次年五月大兄卒，故曰"未逾数月"。寝疾，卧病。《穀梁传·庄公三十二年》："寝疾居正寝。"两旬，二十天。

⑨日时叶（xié）吉：指下葬的日子时辰正合吉日良辰。

⑩窀穸（zhūn xī）：墓穴。这里指下葬。

⑪下邽（guī）南原，永附松槚（jiǎ）：指将大兄归葬祖坟之南原。下邽，今陕西渭南。白居易曾祖白温从祖籍太原迁到下邽。下邽县义津乡北原有白氏先茔，为白居易元和六年所建，安葬着白居易祖辈三代人以及兄弟辈共计十余人。附，通"祔"，合葬。松槚，松树和槚树，既可制棺，又是墓地常种之树。这里代称墓地。王勃《铜雀妓二首》："西陵松槚冷，谁见绮罗情。"

⑫负忧系职：指大兄生病去世时，自己被职务羁绊，无法照料奔丧。负忧，遭受忧患。系职，为官职所牵挂。

⑬伏枕：本指伏卧在枕上。《诗经·陈风·泽陂》："寤寐无为，辗转伏枕。"后多指因病弱、年老而长久卧床。《北齐书·陆卬传》："遭母丧，哀慕毁瘁，殆不胜丧，至沉笃，顿昧伏枕。"杜甫《病后过王倚饮赠歌》："王生怪我颜色恶，答云伏枕艰难遍。"

⑭执绋（fú）：谓丧葬时手执牵引灵柩的大绳以助行进。泛称为人送殡。古代丧俗，出殡时灵柩用车拉，送葬的亲友须挽牵引灵车的绳索而行，故称执绋。唐黄滔《祭崔补阙文》："方俟弹冠，仰修程于霄汉；谁云执绋，悲落景于桑榆。"绋，通"綍"，即牵引灵车的绳索。

⑮躬亲：亲自。《诗经·小雅·节南山》："弗躬弗亲，庶民弗信。"以上六句憾恨内疚之情，溢于言表。

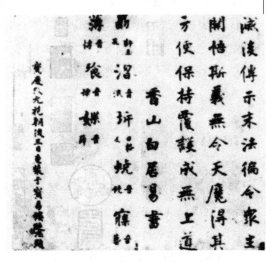

白居易手迹

【译文】

元和十二年闰五月某日，居易等谨用清酒佳肴等祭品，再跪拜于大哥的灵前祭奠：

大哥孝顺友悌，温和平易，谦逊恭敬，他的美德源自修养身心，又施行在政务上。操守培养于家庭之内，而被外界同僚信任。做官表现得廉洁干练，日常饮酒也温和稳重。本希望积德纳福，受天之佑而健康安宁。不料年届中年，才官任小职；辞别家人不到几个月，卧病不及二十天，上天无情，竟然降下如此的灾难！朋友故旧，过往路人，尚且伤心慨叹；何况同胞兄弟，亲爱手足，怎能忍受得了悲哀！放声哀号，身心如毁。今天吉日良辰，正是大哥下葬之日，将您安葬在下邽祖墓之南原，永远归葬在祖、父坟墓的旁边。居易我心怀悲痛却被职务羁绊，身不由己：哥哥卧病之初，我不能在身边服侍照料；出殡之时，又不能亲自送行。聚集在心中的悲痛憾恨，比之平常超过百倍。

呜呼！追思曩昔①，同气四人②：泉壤九重，刚奴早逝③；巴蜀万里，行简未归④；茕然一身，漂弃在此⑤。自哥至止，形影相依。死灰之心，重有生意⑥。岂料避弓之日，毛羽摧颓⑦；垂白之年，手足断落⑧！谁无兄弟⑨？孰不死生？酌痛量悲，莫如今日。宅相痴小⑩，居易无男，抚视之间，过于犹子⑪。其余情礼，非此能申。伏冀慈灵，俯鉴悲恳⑫；哀缠痛结，言不成文。呜呼哀哉！伏惟尚飨。

【注释】

①曩（nǎng）昔：过去，从前。

②同气四人：指兄弟四人。白居易兄弟四人：白幼文、白居易、白行简、白幼美（小字金刚奴）。同气，指同胞兄弟。南朝梁周兴嗣《千字文》："孔怀兄弟，同气连枝。"

③泉壤九重，刚奴早逝：白居易小弟金刚奴生而聪慧，九岁早

殇，元和八年（813）改葬于下邽祖坟，"附于先君宅兆之东三十步"（白居易《唐太原白氏之殇墓志铭》），白居易作《祭小弟文》。

④巴蜀万里，行简未归：时弟弟白行简远在四川。白居易弟白行简，善辞赋，贞元进士。白行简于元和九年（814）入剑南东川节度使卢坦幕府。白居易《寄行简》："去春尔西征，从事巴蜀间。今春我南谪，抱疾江海壖。"元和十三年（818）白行简从四川赴江州。白居易《对酒示行简》："兄弟唯二人，远别恒苦悲。今春自巴峡，万里平安归。"

⑤茕（qióng）然一身，漂弃在此：指自己孤零零地被贬谪在江州。不胜骨肉飘零之感。茕然，孤单的样子。

⑥"自哥至止"至"重有生意"：指幸有大兄相伴，贬谪生涯，微有安慰。元和十一年（816）七月，白幼文携诸孤弟妹自徐州来江州相聚。白居易《与元微之书》："长兄去夏自徐州至，又有诸院孤小弟妹六七人，提挈同来。顷所牵念者，今悉置在目前，得同寒暖饥饱。此一泰也。"至止，来居住。

⑦避弓之日，毛羽摧颓：以鸿雁高飞入空躲避弓箭比喻大兄前来江州相聚，以鸿雁羽毛衰落比喻大兄离开人世，怜惜大兄漂泊流离，不幸早逝。应场《侍五官中郎将建章台集》："远行蒙霜雪，毛羽日摧颓。"白居易《自河南经乱，关内阻饥，兄弟离散，各在一处。因望月有感，聊书所怀，寄上浮梁大兄、于潜七兄、乌江十五兄，兼示符离及下邽弟妹》："时难年荒世业空，弟兄羁旅各西东。田园寥落干戈后，骨肉流离道路中。吊影分为千里雁，辞根散作九秋蓬。共看明月应垂泪，一夜乡心五处同。"

⑧垂白之年，手足断落：时至老年、兄弟死亡的伤痛之情。垂白，头发下垂，形容年老。时白居易四十六岁。手足，比喻兄弟。这里比喻兄弟的感情。

⑨谁无兄弟：极度悲哀凄恻之情，哀号之声如闻在耳。唐李华《吊古战场文》："谁无兄弟，如足如手。"

⑩宅相（xiàng）：外甥的代称。典出《晋书·魏舒传》："（舒）少孤，为外家宁氏所养。宁氏起宅，相宅者云：'当出贵甥。'舒曰：

'当为外氏成此宅相。'"按白居易终生无子，以长兄白幼文次子景受为嗣，此处应指从子，而非甥男。

⑪犹子：侄子。这里指如同儿子。《论语·先进》："回也视予犹父也，予不得视回犹子也。"

⑫俯鉴悲恳：请大兄亡灵下察我悲凉诚恳之心。

【译文】

唉！追想从前，我们兄弟四人：小弟金刚奴幼年夭亡，长眠九泉；行简远在巴蜀，万里难归；我孤苦伶仃，飘零此地。自从大哥您来江州与我相聚，兄弟之间形影相依。我失意灰冷的心，重新有了生机。哪里料到您避居江南却遭遇不幸，我在头发花白之年竟然失去兄弟！谁人没有兄弟？谁人没有死生？考量我经历的苦痛，没有比今天更为悲痛的了。侄子景受年幼无知，我至今膝下无儿，会像对待亲生儿子那样，抚育照看他。其它的情谊礼节，不是这篇祭文所能申诉。敬祈哥哥慈爱的亡灵，能下察我悲哀诚恳之心；哀痛包围着我，令我难以成文。唉，悲痛啊！请享用祭品吧。

祭柳员外文

刘禹锡

【题解】

元和十四年（819）十一月，才高名重的柳宗元，经历了十四年痛苦的贬谪生活后，怀着一腔忧愤，病逝于柳州，终年四十七岁。

刘禹锡与柳宗元为生平莫逆之交，志同道合，情谊深厚。柳宗元诗云"二十年来万事同"（《重别梦得》），两人自贞元九年（793）一起中进士之后，至元和十年（815）彼此同贬远州刺史，二十多年来，命运经历几乎相同。况二人均为独子，情同手足。元和十年（815），刘禹锡和柳宗元再度被贬，刘禹锡被贬播州（今贵州遵义）。播州路途崎岖，行程颠沛。刘禹锡上有八十多岁老母，如若随行，将九死一生。柳宗元上疏请求与刘禹锡对调，后朝廷改任刘禹锡为连州刺史。刘禹锡感激唏嘘，曾有"慷慨一生和白柳"之慨。

柳宗元临终遗书，将身后三事托付挚友刘禹锡。一托文，"吾不幸，卒以谪死，以遗草累故人"；二托孤，柳宗元身后留下两子两女，尚未成人。柳宗元自己没有兄弟，两姐早故。三托葬，希望归葬长安先人墓地。

羁旅衡阳、忍着丧母之痛的刘禹锡展读遗书，惊号大恸，悲伤异常，"如得狂病"，无比痛惜友人早逝，并着手料理亡友后事。刘禹锡归洛阳后，派人专门去柳州吊唁，"南望桂水，哭我故人"，写下深情悲悼的《祭柳员外文》。八个月后，柳宗元灵柩在长安万年县栖凤原先人墓侧安葬。刘禹锡携亡友遗孤前去祭奠，又写下《重祭柳员外文》，以"生有高名，没为众悲"，表达对柳宗元英年早逝的悲伤。后来刘禹锡编辑柳宗元遗稿为《唐故柳州刺史柳君集》，并抚养其遗孤成人。

柳宗元认为"人道之恶，惟曲为先"，憎恨"贵而附，寒而弃"的趋炎附势，"吾欲取友，谁可取者，道苟在焉，佣丐为偶，道之反是，公侯以走。"禹锡知己，可慰平生。

《祭柳员外文》重在抒写个人哀痛，"深哀极愉，备见交情"。员外，员外郎的简称。柳宗元于永贞元年（805）任礼部员外郎。

维元和十五年岁次庚子正月戊戌朔日①，孤子刘禹锡衔哀扶力②，谨遣所使黄孟苌具清酌庶羞之奠③，敬祭于亡友柳君之灵：

【注释】

①元和十五年：唐宪宗李纯元和十五年（820）。时刘禹锡四十八岁。

②孤子：犹独子。刘禹锡时又丧母。元和十四年（819），刘禹锡近九十岁的老母去世。刘禹锡《子刘子自传》："同生无手足之助"、"一身主祀"、"眇然一身，奉尊夫人不敢殒灭"。衔哀：心怀哀痛。陶潜《悲从弟仲德》："衔哀过旧宅，悲泪应心零。"扶力：犹勉力。徐陵《在北齐与宗室书》："扶力为书，多不诠次。"李白《与贾少公书》："扶力一行，前观进退。"

③黄孟苌（cháng）：人名。时刘禹锡在原籍洛阳，专门派他前往柳州致祭。

刘禹锡像

【译文】

元和十五年正月初一，丧母的刘禹锡我，怀着悲哀的心情，挣扎着病体，谨派手下黄孟苌准备好清酒佳肴的祭品，恭敬地在亡友柳子厚君灵前吊祭：

呜呼子厚！我有一言，君其闻否？惟君平昔，聪明绝人①；今虽化去②，夫岂无物？意君所死，乃形质耳③；魂气何托？听余哀词。呜呼痛哉！嗟余不天，甫遭闵凶④。未离所部，三使来吊⑤。忧我衰病，谕以苦言⑥。情深礼至，款密重复⑦。期以中路，更申愿言⑧。途次衡阳，云有柳使⑨。谓复前约，忽承讣书。惊号大叫，如得狂病⑩。良久问故，百哀攻中⑪。涕泪迸落，魂魄震越⑫。伸纸穷竟⑬，得群遗书。绝弦之音，凄怆彻骨⑭。初托遗嗣，知其不孤⑮。末言归辒，从祔先域⑯。凡此数事，职在吾徒⑰。永言素交，索居多远⑱。鄂渚差近，表臣分深⑲，想其闻讣，必勇于义。已命所使，持书径行，友道尚终，当必加厚。退之承命，改牧宜阳⑳。亦驰一函，候于便道㉑。勒石垂后，属于伊人㉒。安平、宣英㉓，会有还使。悉已如礼，形于具书㉔。

【注释】

①惟君平昔，聪明绝人：柳宗元十三岁时写《为崔中丞贺平李怀光表》，名扬天下。刘禹锡《唐故柳州刺史柳君集》序："子厚始以童子有奇名于贞元初。"韩愈称其"俊杰廉悍，议论证据今古，出入经史百子，踔厉风发，率常屈其座人，名声大振，一时皆慕与之交"（《柳子厚墓志铭》）。平昔，以往，过去。

②化去：死。陶渊明《读山海经》："同物既无虑，化去不复悔。"

③形质：肉体，躯壳。《梁书·范缜传》："形者神之质，神者形之用；是则形称其质，神言其用；形之与神，不得相异。"

④甫遭闵凶：指刚遭母丧。甫，刚刚。闵凶，忧患凶丧之事。这里指死亡。《左传·宣公十二年》："寡君少遭闵凶，不能文。"

⑤未离所部，三使来吊：刘禹锡卸任连州，将扶其母灵柩回洛阳原籍归葬。未离开连州，柳宗元就三次派人前来吊唁慰问。所部，管

辖的地方。这里指刘禹锡连州刺史所辖之地,即连州。

⑥苦言:凄切的言词。嵇康《声无哀乐论》:"心动于和声,情感于苦言。"陆机《赠冯文罴》"悲情临川结,苦言随风吟。"

⑦款密:亲密,亲切。许靖《与曹公书》:"昔在会稽,得所贻书,辞旨款密,久要不忘。"

⑧期以中路,更申愿言:指柳宗元的期望与安慰之辞。元和十年(815)刘禹锡与柳宗元被贬,赴任途中结伴同行,在衡阳分手,柳宗元作《衡阳与梦得分路赠别》,以"直以慵疏招物议,休将文字占时名"期望刘禹锡慎言。柳宗元曾与刘禹锡相约将来一同归隐田园,《重别梦得》:"二十年来万事同,今日歧路忽西东。皇恩若许归田去,晚岁当为邻舍翁。"

⑨途次衡阳,云有柳使:元和十四年(819)十一月,刘禹锡扶灵枢北归,途经衡阳,即五年前与柳宗元分手之地,遇到了从柳州来的信使。

⑩惊号大叫,如得狂病:描述听到噩耗后,惊叫大哭、悲伤异常的情景。

⑪良久问故,百哀攻中:痛惜挚友,惊魂不定,所以"良久"。《重祭柳员外文》:"每一念至,忽忽犹疑。"故,缘故。中,内心。

⑫震越:犹震动,震惊。欧阳修《梅圣俞墓志铭》:"震越浑锽,众听以惊。"

⑬伸纸穷竟:展读遗书,看到最后。

⑭绝弦之音,凄怆彻骨:指临终之言令人凄凉入骨。绝弦,用伯牙破琴绝弦谢知音的典故,比喻失去知音。沈佺期《伤王学士》:"感游值商日,绝弦留此词。"彻骨,透骨,入骨。形容程度极深。刘禹锡《西山兰若试茶歌》:"悠扬喷鼻宿醒散,清峭彻骨烦襟开。"

⑮初托遗嗣,知其不孤:指遗书开始,先是托孤,从遗书中得知亡友已有两个儿子。遗嗣,指柳宗元的儿子。《为鄂州李大夫祭祀柳员外文》:"令妻蛮谢,稚子四岁"。柳宗元去世时,长子周六,年四岁;次子周七,为遗腹子。孤,独子。

⑯末言归輴(qiàn),从祔先域:遗书最后托葬,希望归葬先人

坟墓。辒，代指柩车。祔，附葬。先域，先人坟墓。

⑰凡此数事，职在吾徒：一共这几件事情，由我来负责。前此，柳宗元病危时，写信给刘禹锡："吾不幸，卒以谪死，以遗草累故人。"

⑱永言素交，索居多远：感慨朋友们都散居在偏远之地。素交，旧交。杜甫《过故斛斯校书庄》："素交零落尽，白首泪双垂。"索居，孤独地散处一方。《礼记·檀弓上》："吾离群而索居，亦已久矣。"陶潜《祭程氏妹文》："兄弟索居，乖隔楚越。"

⑲鄂渚差近，表臣分深：世称鄂州为鄂渚。表臣为李程，进士，柳宗元生前好友，时任鄂岳观察使。刘禹锡为李程代写《为鄂州李大夫祭柳员外文》。

⑳退之承命，改牧宜阳：退之为韩愈。韩愈在元和十四年（819年）由刑部侍郎贬为潮州（今广东潮州）刺史，后徙袁州（今江西宜春）刺史。柳宗元逝世时，他正从潮州往袁州赴任。承命，接受命令。宜阳，指宜春，晋武帝时曾避讳改为宜阳，隋时复名宜春。

㉑亦驰一函，候于便道：柳州的讣告和刘禹锡在衡阳写给韩愈的信，是在驿道上等着交给他的。

㉒勒石垂后，属于伊人：刘禹锡信中转告柳宗元嘱韩愈撰墓志铭的遗嘱。韩愈闻凶讯，悲痛异常，派人到柳州吊唁。《祭柳子厚文》："临绝之音，一何琅琅。遍告诸友，以寄厥子。不鄙谓余，亦托以死。凡今之交，观世厚薄；余岂可保，能承子托？非我知子，子实命我。"当柳宗元灵柩在万年县安葬，韩愈从袁州寄去了著名的《柳子厚墓志铭》，高度评价了柳宗元的文章道德。后又撰《柳州罗池庙碑》。

㉓安平、宣英：安平为韩泰，宣英为韩晔。时韩泰为漳州（今福建龙海西）刺史，韩晔为汀州（今福建长汀）刺史。

㉔悉已如礼，形于具书：在衡阳旅舍，刘禹锡着手料理亡友后事，分别向柳宗元的好友李程、韩泰、韩晔等人送了讣告。

【译文】

唉！子厚啊！我有一番话，你能听得见吗？你一生聪明过人，如今即使死了，难道就什么也没有了吗？料想所死亡的，不过是你的形体罢了；你的魂魄在哪里呀？请来听我的悲哀之辞。唉！伤痛啊！感叹我不被上天护佑，刚刚遭逢母丧。我还在连州时，你就三次派使者来吊唁。担心我抱病衰弱，言辞凄切地安慰我。情谊深厚，礼数周到，言辞亲切，不断劝慰。再提昔日路上殷切的期望，重申一起归隐田园的心愿。我扶灵北归途中，路过衡阳，报告说有来自柳州的信使。我以为还是谈谈以前的约定，接到的却是报丧的讣告。惊叫大哭，好似发狂。很久后才能询问信使，确定死讯，巨大的痛苦激荡心中。眼泪溅落，灵魂颤惊。打开讣告，看到最后，看见几封遗书。临终之言，令人悲怆，凄凉入骨。遗书一开始，嘱托我照料你的子女，得知你有了两个儿子。遗书最后嘱托将你归葬在故里先人的坟墓旁。这几件事情，由我来负责。感叹朋友们都离散在偏远之地。鄂州离得很近，鄂州刺史李程交情深厚，估计他听到讣告，一定英勇义气来赴丧。我已经让柳州来的信使，拿着讣告直接到鄂州，朋友之道，贵在如一，李程必定更加厚道地吊祭。韩愈已经接受命令，由潮州改刺袁州。也派人持信快马前去，在驿道上等着交给他。墓志铭就交由他来撰写。韩泰、韩晔那里，送讣告的信使已经返回。一切都按照丧礼礼仪，在每封信中都写得具体清楚。

呜呼子厚！此是何事？朋友凋落①，从古所悲。不图此言②，乃为君发。自君失意，沉伏远郡③。近遇国士，方伸眉头④。亦见遗草⑤，恭辞旧府。志气相感，必逾常伦⑥。顾余负衅，营奉方重⑦。犹冀前路，望君铭旌⑧。古之达人，朋友则服⑨。今有所厌，其礼莫申⑩。朝晡临后，出就别次⑪。南望桂水，哭我故人⑫。孰云宿草，此恸何极⑬！呜呼子厚，卿真死矣！终我此生，无相见矣！何人不达？使君终否。何人不老？使君夭死⑭。皇天后土，胡宁忍此？知悲无益，奈恨无已。君之不闻，余心不理。含酸执笔⑮，辄复中止⑯。誓使周六，同于己子⑰。魂兮来斯，知我深旨。呜呼哀哉！尚飨。

【注释】

①凋落：死亡。

②不图：想不到。

③自君失意，沉伏远郡：自永贞革新失败，柳宗元被贬永州司马十年，柳州刺史四年，《资治通鉴》卷二三九："官虽进而地益远。"《为鄂州李大夫祭柳员外文》："远持郡符，柳江之壖。"

④近遇国士，方伸眉头：柳宗元之友吴武陵多次奔走于执政大臣裴度门下，设法营救他还京。裴度与柳宗元同系河东人，元和十四年（819），因宪宗受尊号大赦，经裴度说情，宪宗同意召回柳宗元。然而诏书未到柳州，柳宗元已悲愤而卒。

⑤遗草：遗著。刘禹锡《唐故衡州刺史吕君集纪》："后十年，其子安衡泣捧遗草来谒。"

⑥常伦：常类。江淹《杂体诗·嵇中散》："远想出宏域，高步超常伦。"

⑦顾余负衅，营奉方重：负衅，亦作"负釁"，犹负罪，获罪。《后汉书·黄琼传》："惧于永殁，负衅益深。"营奉，奉养，奉事。《南史·任昉传》："奉世叔父母不异严亲，事兄嫂恭谨。外氏贫阙，恒营奉供养。"

⑧铭旌：竖在灵柩前标志死者官职和姓名的旗幡。品官则借衔

柳侯祠

题写曰某官某公之枢，士或平民则称显考显妣。另纸书题者姓名粘于
旌下。大敛后，以竹杠悬之依灵右。葬时取下加于枢上。《周礼·春
官·司常》："大丧，共铭旌。"李白《上留田行》："昔之弟死兄不
葬，他人于此举铭旌。"这里指作墓志铭。

⑨则服：佩服。

⑩今有所厌，其礼莫申：指柳宗元等人被皇帝和当政者所厌弃、
弃绝，所以不能隆重地举行丧礼。

⑪朝晡（bū）临后，出就别次：在规定的时间祭奠哭临后，就离
开到别的住所去。朝晡临，丧礼，朝时（辰时）至晡时（申时）哭临死
者。《晋书·郗鉴传》："鉴寻薨，时年七十一，帝朝晡哭于朝堂。"韩
愈《顺宗实录五》："宫中当临者，朝晡各十五举音，非朝晡临时，禁
无得哭。"别次，犹别第。正宅以外的住所。《旧唐书·虞世南传》：
"虞世南卒，年八十一。太宗举哀于别次，哭之甚恸。"

⑫南望桂水，哭我故人：时刘禹锡在洛阳，向南遥望柳州，哭吊
亡友。桂水，指柳江。代指柳州。桂为广西代称，柳州隶属广西，因
称柳江为桂水。孟浩然《柳州在晚春卧病寄张八》："桂水通百越，
扁舟期晓发。"

⑬宿草：指墓地上隔年的草。《礼记·檀弓上》："朋友之墓，有
宿草而不哭焉。"此处反其意而用之，柳宗元死虽隔年，但悼亡之情
弥笃。

⑭"何人不达"至"使君夭死"：愤激问天，同情亡友坎坷失
意，表达天亡我友的悲痛。《为鄂州李大夫祭祀柳员外文》："才之
何丰，运之何否"、"痛君未老，美志莫宣"。

⑮含酸：犹鼻酸。形容悲痛伤心。《后汉书·广陵思王荆传》：
"海内深痛，观者鼻酸。"杜甫《壮游》："哭庙灰烬中，鼻酸朝未
央。"

⑯中止：停止。《韩诗外传》："孟子少时，诵，其母方织。孟子
辍然中止，乃复进。"

⑰誓使周六，同于己子：柳宗元有两子两女。长子周六，年四岁；
次子周七，为遗腹子，两个女儿尚未成人。

【译文】

　　唉！子厚啊！这究竟是怎么回事啊？朋友凋亡，自古以来就是令人悲伤的事情。想不到现在这句话，竟然是因你而发。自从你失意被贬，一直沉郁蛰伏在边远之郡。最近遇上有能力的人帮助，愁眉方才舒展些。也读过你遗留下的文章，知道你即将恭敬地辞别柳州。志向与气节相互感发，将来一定超乎寻常。想我虽然获罪在身，奉养老母的担子很重。还是对未来抱有希望，盼望你活着，有一天给我送葬。你像古代通达之人，受到朋友们钦佩。如今被当政所厌弃，连葬礼都不能隆重举行。在朝时和晡时哭临你之后，我就离开衡阳去往别处。如今我身在洛阳眼望柳州，哀伤痛哭我的朋友。谁说人死一年，墓草丛生，就不必悲伤！唉！子厚啊，你真的故去了！终了我这一生，再也不能与你相见了！为何别的人仕途顺遂，偏偏让你这样的人终生蹭蹬？为何别的人长寿，偏偏让你这样的人短命？苍天大地，怎能忍心这样对待你？虽知悲伤徒劳无补，奈何心中无限遗憾！你听不见这些啊，我心里不顺畅。忍着悲伤执笔写祭文，写写就又伤心停笔。我发誓要像对待自己的儿子那样，抚养你的儿子周六。你的魂魄呀归来吧，一定会理解我的深意。唉！伤痛啊！请享用祭品吧。

祭吏部韩侍郎文

李　翱

【题解】

　　李翱（772—836），字习之。陇西成纪（今甘肃秦安）人。贞元进士，官至山南东道节度使。他是韩愈的侄婿，从韩愈学文，但自视甚高，称韩为"兄"、为"友"，不自居于弟子之列。他的散文发展了韩文平易的一面，《韩吏部行状》述韩愈一生行事，文笔平实流畅，富有感情色彩。

　　唐德宗贞元十二年（796），韩愈跟随董晋到汴州，同时李翱自徐来汴，始相结识。这以后，李翱一直和韩愈保持着密切的关系。二人介于师友之间，在政治观点、学术思想上，有许多相似之处。李翱对韩愈的学识和人品非常倾慕，他说："我友韩愈非兹世之文，古之文也；非兹世之人，古之人也。其词与其意适，则孟轲既没，亦不见有过于斯者。"（《与陆傪书》）韩愈也称赞李翱说："习之可谓究极圣人之奥矣。"他们之间的师友之情一直保持了二十九年，直到韩愈长庆四年（824）去世。韩愈死后，李翱非常悲痛，写了这篇情深意切的祭文悼念他。又亲自为韩愈作《韩吏部行状》，交给史馆采用。韩愈晚年任吏部侍郎，史称"韩吏部"。

　　《祭吏部韩侍郎文》以孟子视韩愈，赞誉韩愈辟佛复儒以及提倡古文的历史功绩，应是苏轼《韩文公庙碑》之前对于韩愈最为肯綮赅要的评价。

　　呜呼！孔氏云远，杨墨恣行①。孟轲距之，乃坏于成②。戎风混华，异学魁横③。兄尝辩之，孔道益明④。

【注释】

①孔氏云远，杨墨浓行：指孔子之后至战国中期，圣贤之道衰微，杨朱墨翟等异端学说盛行。《孟子·梁惠王上》："圣王不作，诸侯放恣，处士横议，杨朱、墨翟之言盈天下，天下之言不归杨则归墨。""杨氏为我，是无君也；墨氏兼爱，是无父也，无父无君是禽兽也。公明仪曰：'庖有肥肉，厩有肥马，民有饥色，野有饿莩，此率兽而食人也。'杨墨之道不息，孔子之道不著，是邪说诬民、充塞仁义也。仁义充塞则率兽食人，人将相食。吾为此惧，闲先圣之道，距杨墨，放淫辞，邪说者不得作。作于其心，害于其事；作于其事，害于其政，圣人复起，不易吾言矣。"

②孟轲距之，乃坏于成：孟子以继文王之道而自命，批判杨墨之学；孟子之后周孔之道复又衰落。《孟子·滕文公下》："能言距杨墨者，圣人之徒也。"韩愈《原道》："尧以是传之舜，舜以是传之禹，禹以是传之汤，汤以是传之文武周公，文武周公传之孔子，孔子传之孟轲。轲之死，不得其传焉。"距，抵御。引申为批判。坏，破坏，引申为失落、失传。

③戎风混华，异学魁横：指汉魏六朝以来佛老盛行，至唐尤盛，佛以夷变华，道以国教横行。佛老盛行对于儒家思想及社会影响渐大，侵害日深。韩愈《原道》："周道衰，孔子没。火于秦，黄老于汉，佛于晋、魏、梁、隋之间。其言道德仁义者，不入于杨，则入于墨；不入于老，则入于佛。"戎风混华，佛教由西方传入，习俗渐濡染中华。韩愈《谏迎佛骨表》："伏以佛

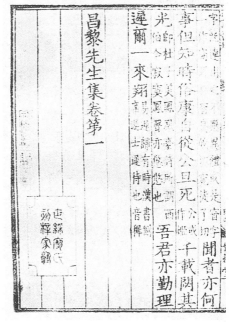

《昌黎先生集》书影

者，夷狄之一法耳。自后汉时始流入中国，上古未尝有也。"异学魁横，儒家斥道家、墨家等不同的学派为异端，这里指道家。道教在唐代被奉为国教。隋代王通称："杨墨之言出而孔子之道塞，佛老之教行而尧舜之道潜。"魁横，横行而占上风。

④兄尝辩之，孔道益明：韩愈年长李翱五岁，李翱为韩愈侄婿，然李翱自然视甚高，称韩愈为兄。韩愈一生以孟子自比，以辟佛为己任，猛烈抨击佛教，恢复儒家道统。韩愈《与孟尚书书》："韩愈之贤不及孟子。孟子不能救之于未亡之前，而韩愈乃欲全之于已坏之后。"韩愈《谏迎佛骨表》："佛本夷狄之人，与中国言语不通，衣服殊制。口不道先王之法言，身不服先王之法行，不知君臣之义、父子之情。乞以此骨付之有司，投诸水火，永绝根本，断天下之疑绝后代之惑。"韩愈排佛复儒功绩卓著，影响甚深，后人评价甚高。苏轼《韩文公庙碑》称其"道济天下之溺。"朱熹《朱子语类》赞扬韩愈"有辟佛老之功"。

【译文】

唉！孔子去世后，杨墨学说肆意横行。孟子批判杨墨之学，挽救儒学；孟子之后，圣贤之道竟就失传了。汉魏以来，西方传入的佛教发展，佛教风俗扰乱华夏，道教作为国教盛行。韩兄你曾经分析辩驳佛老，孔孟之道因而更加明确。

建武以还，文卑质丧①。气萎体败，剽剥不让②。俪花斗叶，颠倒相上③。乃兄之为，思动鬼神④。拨去其华，得其本根⑤。开合怪骇，驱涛涌云⑥。包刘越嬴，并武同殷⑦。六经之学，绝而复新⑧。学者有归，大变于文。兄之仕宦，罔辞于艰⑨。疏奏辄斥，去而复还⑩。升黜不改，正言亟闻⑪。

【注释】

①建武以还，文卑质丧：指东汉以来文章文体卑弱、浮华丧质。

建武，年号，被多次使用。如汉光武帝、西晋惠帝、东晋元帝及后赵西燕南齐北魏，都用过此年号。这里指东汉光武帝的第一个年号，指代东汉。

②气萎体败，剽（piào）剥不让：指六朝文章气体萎弱，应受到批评。剽剥，攻击，批驳。《史记·老庄申韩列传》："然善属书离辞，指事类情，用剽剥儒、墨，虽当世宿学不能自解免也。"

③俪花斗叶，颠倒相上：指六朝重文轻质，颠倒本末。俪花斗叶，指骈俪对偶的修辞表达手法。

④乃兄之为，思动鬼神：指韩愈反对六朝以来的浮靡文风，提出"文以载道"的想法而惊天动地。《旧唐书·韩愈传》："（愈）常以为自魏、晋以还，为文者多拘偶对，而经诰之指归，迁、雄之气格，不复振起矣。故愈所为文，务反近体，抒意立言，自成一家新语。后学之士，取为师法。"

⑤拨去其华，得其本根：指为文抛弃六朝的浮华文字，获得为文的根本之道。

⑥开合怪骇，驱涛涌云：形容韩愈文风。李肇《国史补》卷下："元和以后，为文笔，则学奇诡于韩愈。……大抵元和之风尚怪也。"

⑦包刘越嬴，并武同殷：超越秦汉，学习先秦。刘，指代刘邦创立的汉朝。嬴，秦始皇的姓，代指秦朝。武，武王，代指周。

⑧六经之学，绝而复新：对儒家经典的学习，断绝之后又重新恢复。六经，指《周易》、《尚书》、《诗经》、《礼》、《乐》、《春秋》等儒家经典。绝，指儒家道统断绝。

⑨兄之仕宦，罔辞于艰：韩愈一生仕途坎坷，历经艰辛。韩愈《上宰相书》："四举于礼部乃一得，三选于吏部卒无成。"韩愈在一首哭女之作中写道："以罪贬潮州刺史，乘驿赴任；其后家亦谴逐，小女道死，殡之层峰驿旁山下。"

⑩疏奏辄斥，去而复还：韩愈二十年间，只要上疏直谏，即遭贬谪，而三次被贬，三次复职。第一次是贞元十九年（803）任监察御史时。关中大旱，但官府仍肆意聚敛。韩愈眼见"道边死"，上《御史台上论天旱人饥状》，触怒当朝，被贬为阳山令。永贞元年（805）

八月，宪宗即位，韩愈遇赦，移官江陵，为法曹参军。元和元年（806），奉诏回长安，充国子博士。因避谤毁，求为分司东都，移官洛阳。又因"日与宦者为敌"，降职河南县令。第二次是元和十二年（817），韩愈任中书舍人，时蔡州藩镇吴元济谋乱，裴度力主武制，韩愈亦言藩镇可破，致使"执政不喜"，被改任太子右庶子。后来韩愈跟随裴度征讨吴元济叛乱有功，升任刑部侍郎。第三次是元和十四年（819），宪宗迎凤翔佛骨入大内，韩愈上《谏迎佛骨表》，力谏迎佛骨，令皇帝震怒，被贬为潮州刺史。长庆元年（821）又返长安做官。由兵部侍郎转吏部侍郎、京兆尹。

⑪升黜不改，正言亟（qì）闻：无论贬谪还是升迁，不改其志，正直的言论屡屡听到。张籍《祭退之》："三次论诤退，其志亦刚强。"韩愈《左迁至蓝关示侄孙湘》："一封朝奏九重天，夕贬潮州路八千。欲为圣明除弊事，肯将衰朽惜残年！"亟，屡次。

【译文】

东汉以来，文气卑弱、浮华丧质。气格萎弱的文风却没受到批评，骈俪对偶、本末倒置的习气反被追捧。而韩兄你批评六朝以来的浮靡文风，"文以载道"的口号惊天动地。抛弃为文的浮华，找到作文的根本。你的文风纵横掉阖，怪异骇俗，风起云涌。超越秦汉，同步商周。对于六经的学习，在孟子后断绝却在这时重新恢复了。学习作文的人有了学习的榜样，为文风气大大改观。韩兄你的仕途坎坷，真说得上是艰辛啊。屡次上疏都被贬斥，屡次离开京都又返回京都。无论贬谪还是升迁，都不改其志，总是听到你正直的言论。

贞元十二，兄佐汴州。我游自徐，始得兄交①。视我无能，待予以友。讲文析道，为益之厚。二十九年②，不知其久。兄以疾休③，我病卧室。三来视我，笑语穷日。何荒不耕，会之以一④。人心乐生，皆恶言凶。兄之在病，则齐其终。顺化以尽，靡惑于中⑤。欲别千万，意如不穷。临丧大号，决裂肝胸。老聃言寿，死而不亡⑥。

①"贞元十二"至"始得兄交"：贞元十二年（796），韩愈受汴州刺史、宣武军节度使董晋的征辟，由洛阳来到汴州。此时李翱在徐州刺史张建封幕中，也从徐州来到汴州，与韩愈相识。

②二十九年：自贞元十二年（796）至长庆四年（824），相交正为二十九年。

③兄以疾休：指韩愈病休。李翱《韩吏部行状》："长庆四年得病，满百日假，既罢，以十二月二日卒于靖安里第。"张籍《祭退之》："去夏公请告，养疴城南庄。籍时官休罢，两月同游翔。"

④何荒不耕，会之以一：什么样的田地不能耕种，偏要在我这块荒田上集中精力。指韩愈不嫌弃自己的荒鄙之才，和自己亲近交往。荒，荒田，比喻无才，才能低下。这里是李翱自谦之辞。

⑤顺化以尽，靡惑于中：指韩愈生死旷达。张籍《祭退之》："公有旷达识，生死为一纲。及当临终晨，意色亦不荒。赠我珍重言，傲然委衾裳。"李翱《韩吏部行状》记韩愈临终遗言："某伯兄德行高，晓方药，食必视本草，年止于四十二。某疏愚，食不择禁忌，位为侍郎，年出伯兄十五岁矣。如又不足，于何而足？且获终于牖下，幸不至失大节，以下见先人，可谓荣矣。"皇甫湜《神道碑》："遗命丧葬无不如礼。俗习夷狄，画写浮图，日以七数之，及拘阴阳，所谓吉凶，一无污我。"

⑥老聃言寿，死而不亡：指韩愈像老子所说的死而不朽。《老子》第三十三章："不失其所者久也，死而不亡者寿也。"老子，姓李名耳，字聃。

93

祭吏部韩侍郎文

【译文】

贞元十二年，韩兄你佐幕汴州。我从徐州来到汴州，开始和韩兄相识交往。韩兄看到我才能不高，却像朋友一样对待我。讲论文章，分析道义，帮助我很多。相交二十九年了，却不觉得长久。韩兄因病休假时，我也卧病在床。韩兄三次来看望我，欢声笑语，从早到晚。什么样的田地不能耕种，偏要在我这块荒田上集中精力。人人心里都喜欢长寿，都厌恶说到死亡。韩兄你生病之后，却达观知命。顺应生命，自然终结，内心没有迷惘疑惑。永别之际，悲情万千，无穷无尽。临葬痛哭，肝胆欲碎。韩兄你就是老子所说的死而不朽啊。

兄名之垂，星斗之光①。我撰兄行，下于太常②。声殚天地③，谁云不长。丧车来东，我刺庐江④。君命有严⑤，不见君丧。遣使奠斝⑥，百酸揽肠。音容若在⑦，曷日而忘。呜呼哀哉！尚飨。

【注释】

①兄名之垂，星斗之光：赞颂韩愈名声如北斗。张籍《祭退之》："如彼天有斗，人可为信常。"

②我撰兄行，下于太常：李翱撰写《韩吏部行状》："谨具任官事迹如前，请牒考功下太常定谥，并牒史馆。"太常，官名，掌宗庙礼仪。

③殚（dān）：尽。《吕氏春秋·本味》："相为殚智竭力。"

④我刺庐江：李翱此时任庐州刺史。

⑤君命有严：皇帝有严格的命令。指自己有官在身，不能亲自前往吊丧祭奠。

⑥奠斝（jiǎ）：献酒。奠，置。斝，古酒器，青铜制，圆口，有三足。《诗经·大雅·行苇》："或献或酢，洗爵奠斝。"

⑦音容若在：仿佛还听到他的声音，还看到他的容貌神情。形容对死者的想念。

【译文】

韩兄英名，如同北斗，万古长垂。我撰写韩兄的生平传记，交给了太常。你身名满天地，谁会说不长久。你的灵柩从东面而来，而我正任职南方庐州。国家法令严格，我不能亲自前去吊唁。派遣使者，供上清酒，悲酸之情，搅动内心。你的声音好像还在耳边，你的面容好像还在眼前，什么时候我能忘怀。唉，悲痛啊！请享用祭品吧。

与天国的对话

94

祭小侄女寄寄文

李商隐

【题解】

这是长辈特为晚辈、而且是一个尚不谙人事的四岁小姑娘写的祭文，比较罕见。寄寄是李商隐弟弟的女儿，从小就被寄养在别人家，几年后接回家中，仅过数月而夭折，年仅四岁。寄寄夭折时，李商隐在长安等待调动职位，未及将她的尸骨运回老家安葬。五年之后，唐武宗会昌四年（844），母丧丁忧期间，作为家族长子的李商隐完成五起亲人的迁葬事宜，使"五服之内，更无流寓之魂；一门之中，悉共归全之地"。寄寄之枢也从济源迁至祖坟，李商隐写下此文，抒写生而未尽鞠育之恩的悲伤以及死未能及时归葬的痛疚，深情绵邈，撼动人心。

对一个四岁的小孩子，纵然依礼俗不应刊石书铭以悼，但李商隐却依乎人伦之深情指引，挥笔成文。他以一个长辈慈爱幼辈的心情，写日丽风华的人间岁月里，睹"竹马玉环，绣襜文褓"，点检子侄，徒少一人的遗憾。此时李商隐三十二岁，身处没落衰败的晚唐时代，陷入党争的漩涡，终生潦倒困顿，备尝孤寂飘零之苦。哀悼弱女的字里行间，寄寓着他身世坎坷的感叹，凄苦无奈之情溢于言表。

李商隐"尤善为诔奠之辞"（《旧唐书》本传）。骈文本讲究用典，而本文通篇不用一典，只用白描手法缕述幼女琐事，寥寥数语，哀婉深恸，使人仿佛看见一只温暖的大手抚上一个乖巧可爱孩子的头顶，怜惜自责之情溢于笔墨之外，音声清朗，凄婉动人。论者谓"义山骈文，断以此篇为压卷之作"。

正月二十五日①，伯伯以果子弄物②，招送寄寄体魂^③，归大茔之旁^④。

【注释】

①正月：唐武宗会昌四年（844）年正月。

②弄物：游戏玩耍的东西，即玩具。

③招送寄寄体魂：招魂送体。

④归大茔（yíng）之旁：简单交代迁葬与祭奠的事情，充满哀伤之情。大茔，祖墓。李商隐的家族墓地在郑州荥阳。

【译文】

正月二十五日，伯伯用果子和玩具等祭品，招送寄寄的遗体和魂魄，回归到祖墓的旁边。

哀哉！尔生四年，方复本族^①。既复数月，奄然归无^②。于鞠育而未深，结悲伤而何极^③！来也何故，去也何缘^④？念当稚戏之辰，孰测死生之位^⑤？时吾赴调京下，移家关中^⑥。事故纷纶，光阴迁贸^⑦。寄瘞尔骨，五年于兹^⑧。白草枯荄，荒涂古陌^⑨。朝饥谁饱，夜渴谁怜^⑩？尔之栖栖，吾有罪矣^⑪。

【注释】

①本族：父族。

②归无：归于无有，指死。

③于鞠育而未深，结悲伤而何极：痛彻抒怀，表达生而未尽鞠育之恩的悲伤。鞠育，抚养保育。

④来也何故，去也何缘：慨叹寄寄夭亡。佛家认为人的生死都有前世因缘。

⑤念当稚戏之辰，孰测死生之位：表达对寄寄夭亡的意外。稚戏，幼小嬉耍。死生，指死。位，处所，这里指时限。

⑥时吾赴调京下，移家关中：李商隐于文宗开成四年（839）任

秘书省校书郎，不久调为弘农尉。次年随王茂元进京，并移家关中。赴调，去听候调职。京下，指京都长安。关中，函谷关以内的地区，这里指弘农县。

⑦事故纷纶，光阴迁贸：李商隐任弘农尉时，因治狱触怒观察使，乞假归京，后复职。次年冬，辞弘农尉。再次入秘书省正字。不久以母丧离官三年，这即所谓"事故纷纶"。纷纶，纷乱。迁贸，迁移改变。

宋苏汉臣《长春百子图》

⑧寄瘗（yì）尔骨，五年于兹：指从开成四年（839）年寄寄临时葬于济源县到会昌四年（844）迁葬郑州坛山祖墓，共五年。李商隐《祭裴氏姊文》："兼小侄寄儿，亦来自济邑。"济邑指济源县。寄瘗，寄葬，临时埋葬。

⑨白草枯荄（gāi），荒涂古陌：白草枯荄包围着孤坟，以环境的荒凉冷寂抒写对寄寄的怜悯。点染景物，烘托气氛。白草，枯草。枯荄，枯萎的草根。荒涂古陌，荒凉冷落的道路。

⑩朝饥谁饱，夜渴谁怜：此句用简笔白描，仿佛寄寄就在眼前，关切她的饥渴，表现出寄寄无人怜爱的情景，字里行间渗透深情厚爱，倾泻出自己心底悲痛的潜流和巨大的哀思。

⑪尔之栖栖，吾有罪矣：愧惜哀叹之中包含着自责自愧之情。栖栖，不能安居的样子。

【译文】

悲哀啊！你出生四年，才回到父族。回来几个月之后，突然夭折。我未能长久地养育你，郁结在心中的悲伤怎么能有终极！你因何缘故来到人间？又因何缘离开尘世？回想那正是你嬉戏玩耍的年龄，谁能料到竟是你死亡的日期？当时我去京都听候调职，迁移家眷到关中。事情纷乱，光阴迁延。只好在异乡寄葬你的尸骨，到现在已经五年了。此处野草衰朽枯败，四周荒芜冷落。早晨腹中饥饿谁来喂你吃饱？夜里渴了谁来将你爱护怜悯？你不能安居，我是有罪过的啊！

今吾仲姊①，返葬有期。遂迁尔灵，来复先域②。平原卜穴③，刊石书铭。明知过礼之文，何忍深情所属④！

【注释】

①仲姊：二姐，裴氏姐。她死后寄葬在获嘉县，此次返葬祖墓。《请卢尚书撰李氏姊河东裴氏夫人志文状》：仲姊"既归逢病，未克入庙"、"寓殡于获嘉之东"。三十一年后才"归我祖考之次，荥阳之坛山"。

②先域：祖坟。

③平原：平整土地。卜穴：占卜埋棺之地。

④明知过礼之文，何忍深情所属：按照礼制的规定，幼女本来不应刻石书写墓志铭。李商隐对寄寄深情所属、不能自制而刊石书铭，故曰"过礼"。

【译文】

现在我的二姐，返葬祖墓已定日期。于是迁移你的灵柩，归复到祖先的坟地。平整土地占卜埋棺之地，刻石书写墓志铭文。我明明知道刻石书铭超过了礼制的规定，可是又怎能抑制得住对你的深厚的人伦情意呢！

自尔殁后，侄辈数人。竹马玉环^①，绣襜文褓^②。堂前阶下，日里风中，弄药争花，纷吾左右^③。独尔精诚，不知何之^④。况吾别娶已来，嗣绪未立^⑤。犹子之谊^⑥，倍切他人。念往抚存，五情空热^⑦。

【注释】

①竹马：即竹竿。小孩跨着竹竿当作马骑，所以叫竹马。《后汉书·郭伋传》："有童儿数百，各骑竹马，道次迎拜。"玉环：以玉为环，戴在腕上。

②襜（chān）：遮至膝前的短衣。文褓：绣花的襁褓。汉刘向《新序·节士》："二人谋取他婴儿，负以文褓匿山中。"《史记·赵世家》："取他人婴儿负之，衣以文葆，匿山中。"

③"堂前阶下"至"纷吾左右"：从侄辈在堂前阶下天真活泼的游玩嬉戏，来反衬对寄寄的哀思。所谓以丽景写哀景，以热闹衬寂寥，愈加显得凄婉动人。弄药，玩耍芍药花。药，即芍药花，高一二尺，初夏开花，大而美艳。

④独尔精诚，不知何之：写点检子侄，徒少一人的遗憾。精诚，魂魄。

⑤况吾别娶已来，嗣绪未立：开成三年（838），李商隐娶泾原节度使王茂元之女为妻。别娶，续娶。嗣绪，继嗣，子息。

⑥犹子：侄子。《礼记·檀弓》："兄弟之子犹子也。"后世遂称侄为犹子。

⑦五情空热：五情，五内，五脏。陶渊明《形影神》："身没名亦尽，念之五情热。"空，尽。

【译文】

自从你离开人世后，我的几个侄辈，常骑竹马游戏，戴玉环玩耍，身穿绣花短衣，无论厅堂前还是台阶下，风和日丽的日子里，他们玩耍芍药争抢花朵，纷纷在我的身边嬉戏。唯有你的魂魄，不知去向何方。况且从我续娶以来，至今没有子息。因此我对于侄子的情

宋佚名《小庭婴戏图》

意，比起他人要加倍地亲近。想起死去的寄寄，抚爱着身边的侄辈，我的内心倍受伤恸的煎熬。

呜呼！荥水之上，坛山之侧①。汝乃曾乃祖，松槚森行②。伯姑仲姑，冢坟相接③。汝来往于此，勿怖勿惊④。华彩衣裳，甘香饮食。汝来受此，无少无多⑤。汝伯祭汝，汝父哭汝，哀哀寄寄，汝知之耶！

【注释】

①荥（xíng）水之上，坛山之侧：郑州荥阳坛山有李商隐的家族坟地，《祭仲姐文》："坛山荥水，实为我家。"荥水，水名，在今河南郑州荥阳。坛山，山名，在荥阳县东南二十里。

②松槚（jiǎ）：松树和槚树，墓地常种之树。王勃《铜雀妓二首》："西陵松槚冷，谁见绮罗情。"森行：繁茂成行。

③伯姑仲姑，冢坟相接：指寄寄的坟墓和两个姑母的坟墓相望。《祭裴氏姊文》："南望显考，东望严君。伯姊在前，犹女在后。"伯姑，大姑母，指徐氏姑。仲姑，二姑母，指裴氏姑。

④汝来往于此，勿怖勿惊：以慈父之心想象寄寄来往山间水涯的孤独身影，必然时怀惊恐不安的心情，因而祷慰。对寄寄的叮咛关切，就像她还活着一样，透露出极度沉痛又无奈的情怀。

⑤无少无多：无论多少，意谓可以尽情享用。

【译文】

唉！荥水的岸边，坛山的脚下，你曾祖父和祖父的坟上，松树和榗树繁茂成行；你的大姑母和二姑母的坟茔与你紧密接连着。你在这里来来去去，不要害怕，不要惊慌。华美艳丽的衣裳、甘甜香美的食物，你可以尽情享用。你的伯父祭奠你，你的父亲哭念你，伤心啊寄寄，你知道这一切吗！

祭石曼卿文

欧阳修

【题解】

本文是治平四年（1067）欧阳修为悼念亡友石曼卿而作，时距石曼卿之死已二十六年，欧阳修年六十一岁。

石曼卿（994—1041），名延年，字曼卿，为人倜傥，为文劲健，且擅书法。欧阳修慨叹："曼卿为人，廓然有大志，时人不能用其材，曼卿亦不屈以求合。"石曼卿饮酒自放，四十八岁赍志以殁。欧阳修作《哭曼卿》和《石曼卿墓表》等诗文深切悼念挚友。在石曼卿去世二十六年后，欧阳修又派人到石曼卿墓前祭奠，并作《祭石曼卿文》，抒发了对挚友的深切怀念。

《祭石曼卿文》以情驭笔，"三呼曼卿"统摄全文，一叹其声名，卓然不朽；一悲其生死，满目凄凉；一自述感伤，唏嘘欲绝，对亡友的景仰与赞誉之情溢于言表。受白居易《祭元微之文》五呼"呜呼微之"的影响，借凄凉之景抒凄楚之情，字里行间充溢着作者对石曼卿英年早逝的痛惜和对友人深切的怀念。

整篇祭文集描写、议论、抒情于一体，略于叙事，详于抒情、议论，且议论中融注深厚的感情。祭文基本上没有追叙石曼卿的生平事迹，而主要是通过物之盛衰、人之生死、形名之存亡的议论，抒发对挚友的怀念之情。于纡徐委婉中见沉痛深切，悲伤中流露出某种达观与超脱的情绪，低回凄恻，令人动容。文亦轩昂磊落、音节苍凉、意势矫健。

维治平四年七月日①，具官欧阳修②，谨遣尚书省令史李敭至于太清③，以清酌庶羞之奠④，致祭于亡友曼卿之墓下⑤，而吊之以文曰：

【注释】

①维：发语词。治平：宋英宗赵曙年号。四年：即1067年，时欧阳修六十一岁。

②具官：官爵品级的省称。唐宋以后，在公文函牍或其他应酬文字上，常把应写明的官爵品级简写为"具官"。

③尚书省：官署名，掌管全国行政事务。令史：官职名，位在郎之下，掌管文书。李敭（yáng）：人名。太清：地名，在今河南商丘南，是石曼卿的故乡。欧阳修《石曼卿墓表》："既卒之三十七日，葬于太清之先茔。"

④清酌庶羞：清醇美酒，多样佳肴。指祭奠用品。清酌，古代祭祀所用的清酒。《礼记·曲礼下》："凡祭宗庙之礼……酒曰清酌。"孔颖达疏："言此酒甚清澈，可斟酌。"庶羞，多种佳肴。

⑤致：送达。石曼卿豪宕磊落，落拓不偶。欧阳修《释秘演诗集序》："曼卿隐于酒，秘演隐于浮屠，皆奇男子也。然喜为歌诗以自娱，当其极饮大醉，歌吟笑呼，以适天下之乐，何其壮也！"范仲淹《祭石曼卿文》："曼卿之笔，颜精柳骨，散落人间，宝为神物。曼卿之诗，气雄而奔，大爱杜甫，独能嗣之。曼卿之心，浩然无机，天地一醉，万物回归。"

【译文】

治平四年七月某日，具官欧阳修，派遣尚书都省令史李敭至太清乡，用清醇美酒和多样佳肴，在亡友石曼卿的墓前祭祀，并写一篇文章吊祭他：

呜呼曼卿！生而为英，死而为灵①。其同乎万物生死，而复归于无物者，暂聚之形②；不与万物共尽，而卓然其不朽者，后世之名③。此自古圣贤，莫不皆然④。而著在简册者，昭如日星⑤。

【注释】

①生而为英，死而为灵：生、死并点，哀伤中寓赞扬，气象阔大。英，杰出，优异。灵，神灵。

②"其同乎万物生死"至"暂聚之形"：人的肉体，和万物一样有生有死，暂时凝聚，最终都归于无形。与下文"其自古圣贤，莫不皆然"，于悲伤中流露出达观与超脱的情绪，语气疏放从容。

③"不与万物共尽"至"后世之名"：上承"生而为英，死而为灵"，点出暂时的是人的肉体，不朽的是人的声名。从"形"（肉体）与"名"（声誉）两面，叹其名声卓然不朽，可见欧阳修对石曼卿的倾慕之情，这也正是欧阳修在石曼卿去世二十六年后还一往情深、遣人致祭的原因。卓然，出类拔萃的样子。名，声名。

④此自古圣贤，莫不皆然：引圣贤作比，称叹曼卿像圣贤一样，声名不朽。

⑤而著在简册者，昭如日星：指曼卿能名垂青史，光照千古。石曼卿在《宋史》有传。简册，指史书。昭，明亮。

【译文】

唉，曼卿啊！生前既是英杰，死后必是神灵！那跟万物一样有生有死，而最后归于无物的境地的，是你由精气暂时聚合的身躯；那不跟万物同归于尽，而出类拔萃永垂不朽的，是你流传后世的名声。自古以来的圣贤之人，都是如此。而载入史册的名字，如同太阳星辰一样明亮。

呜呼曼卿！吾不见子久矣，犹能仿佛子之平生①。其轩昂磊落，突兀峥嵘②，而埋藏于地下者，意其不化为朽壤，而为金玉之精③。不然，生长松之千尺，产灵芝而九茎④。奈何荒烟野蔓，荆棘纵横，风凄露下，走燐飞萤⑤；但见牧童樵叟，歌吟而上下，与夫惊禽骇兽，悲鸣踯躅而咿嘤⑥！今固如此，更千秋而万岁兮，安知其不穴藏狐貉与鼫鼬⑦？此自古圣贤亦皆然兮，独不见夫累

105

祭石曼卿文

累乎旷野与荒城⑧！

【注释】

①仿佛：依稀。

②其轩昂磊落，突兀峥嵘：承上一段"生而为英"，追忆亡友生前之轩昂气宇，盛赞曼卿不凡的气度和高尚的人格。轩昂，气度不凡。磊落，胸怀坦白，仪态俊伟。突兀峥嵘，形容其气概非凡。

③意其不化为朽壤，而为金玉之精：与上一段"死而为灵"相呼应，遥想亡友英魂幻化之卓拔形象，饱含钦佩与激赏，痛楚中带些许宽慰，深蕴对朋友的爱怜之情。朽壤，腐朽的土壤。金玉之精，金、玉的精华。

④灵芝而九茎：灵芝为稀见的珍贵药材，古人视为吉祥之物。九茎，一干九茎。

⑤"奈何荒烟野蔓"至"走燐飞萤"：铺陈其荒冢之凄凉，句句彻骨，悲辛凄婉。此遣祭曼卿墓下之词，非始死而吊奠，故全在墓上着笔。燐，燐火，即所谓鬼火。飞萤，飞动的萤火虫。

⑥踯躅（zhí zhú）：徘徊不进。咿嘤（yī yīng）：拟声词，鸟兽啼叫声。

⑦安知其不穴藏狐貉与鼯鼪（wú shēng）：面对荒坟，由眼前推想未来，对朋友的思念中蕴含对生命意义的思考，深刻表达对朋友的无限痛惜之情。鼯，大飞鼠。鼪，黄鼠狼。

⑧独不见夫累累乎旷野与荒城：向已墟境象，点出不朽精神。累累，重叠相连的样子。

【译文】

唉！曼卿啊！我见不到你已经很久了，可是还能想象你生前时的模样。你意态不凡，光明磊落，又那样超群出众，埋葬在地下的遗体，我猜想不会化为烂泥腐土，应该会变成最珍贵的金玉。不然的话，就会长成青松，挺拔千尺，或者产出灵芝，一株九茎。为什么你的坟墓偏偏是一片荒烟蔓草，荆棘丛生，寒风凄凄，露珠飘零，磷火

宋范宽《携琴访友图》

闪闪，萤火乱飞？只见牧童和砍柴的老人，唱着歌在这儿上下走动；还有慌张受惊的飞禽走兽，在这儿徘徊悲鸣！现在已经是这样的光景了，经过千秋万岁之后，怎知道那些狐狸、老鼠和黄鼬等野兽，不会在这里掘穴藏身？自古以来的圣贤都是这样啊，难道看不见在那旷野上和荒城旁一座挨着一座的坟墓？

　　呜呼曼卿！盛衰之理①，吾固知其如此。而感念畴昔②，悲凉凄怆，不觉临风而陨涕者③，有愧乎太上之忘情④。尚飨！

【注释】

　　①盛衰之理：事物生长和衰亡的道理，这里指人的生和死。

　　②畴昔：往昔。

　　③陨涕：落泪。采用逆笔，未言情，先言理，情理矛盾，理不胜情，以致伤心落泪，更见友谊之深挚。

　　④有愧乎太上之忘情：指自己对于圣人能够忘记感情的古训有愧，即自己非圣人，故不能忘情。欧阳修写作此文时，已经六十一

岁，自然深知名可不朽、空悲无益的道理，可是，追念往昔，仍凄然泪下、不能忘情！全文从应该忘情达观立论，却以终不能忘情作结，文笔突兀，摇曳多姿。太上，圣人。忘情，《世说新语·伤逝》："圣人忘情，最下不及情，情之所钟，正在我辈。"

【译文】

唉！曼卿啊！事物由盛而衰的道理，我本来是早已知道的。但怀念起过往的日子，越发感到悲凉凄怆，不知不觉迎风掉下眼泪的我，也只好愧于自己达不到圣人那样淡然忘情的境界。请享用祭品吧。

泷冈阡表

欧阳修

【题解】

《泷冈阡表》是欧阳修在其父下葬六十年之后所写的一篇追悼文章。宋神宗熙宁三年（1070），欧阳修任青州太守，护送母亲郑氏灵柩归葬故里凤凰山泷冈，树立墓碑而撰写此表。

《泷冈阡表》追忆父母的嘉言懿行，描写细腻，栩栩如生。全文以虚求实，巧妙地借其母太夫人郑氏的言语，以她口代己口，缅怀往事，追述亡父行状，追念和表彰其父的仁心惠政；在表父阡的同时，又颂扬其母德妇节，可谓"一碑双表，二水分流"，构思巧妙。舒徐有致的文风，谦恭求实的态度，更使那些浮华失实的诔墓文字相形失色。

"有待"二字是全文的纲领与眼目。按照《宋史·职官志》关于"赠官"的规定，子孙显贵，其已亡故的父祖可有赠封赐爵的荣耀，所追封的世数（自一代至三代）和赠官阶级高低视子孙的官位而定。"待"也者，待己显贵，荣宗耀祖，然后上阡表，告慰先灵。泷冈：欧阳修故里家族墓地所在，在江西永丰沙溪南凤凰山上。阡表，即墓表、墓碑，是记叙死者事迹并表扬其功德的文体。阡，墓道。

祭文平易质朴，情真意切，如话家常，与韩愈的《祭十二郎文》、袁枚的《祭妹文》同被称为"千古至文"。

呜呼！惟我皇考崇公卜吉于泷冈之六十年[①]，其子修始克表于其阡。非敢缓也，盖有待也[②]。

【注释】

①皇考：指亡父。《礼记·曲礼下》："生曰父、曰母、曰妻，死曰

考、曰妣、曰嫔。"崇公：欧阳修父亲名观，字仲宾，宋真宗大中祥符三年（1010）去世，追封崇国公。卜吉：占卜吉地，即埋葬。

②非敢缓也，盖有待也：此句交待在父亲葬后六十年才写这篇阡表的原因。

【译文】

唉！我的先父崇国公，在泷冈占卜吉地安葬六十年之后，作为儿子的我——欧阳修，才能够在墓道上立碑作表，这并不是敢有意迟缓，是因为有所等待啊。

修不幸，生四岁而孤①。太夫人守节自誓②，居穷，自力于衣食，以长以教，俾至于成人③。太夫人告之曰："汝父为吏，廉而好施与，喜宾客；其俸禄虽薄，常不使有余，曰：'毋以是为我累。'故其亡也，无一瓦之覆，一垄之植，以庇而为生④。吾何恃而能自守邪？吾于汝父，知其一二，以有待于汝也。自吾为汝家妇，不及事吾姑⑤，然知汝父之能养也。汝孤而幼，吾不能知汝之必有立，然知汝父之必将有后也。吾之始归也⑥，汝父免于母丧方逾年⑦。岁时祭祀，则必涕泣曰：'祭而丰，不如养之薄也。'间御酒食⑧，则又涕泣曰：'昔常不足，而今有余，其何及也⑨！'吾始一二见之，以为新免于丧适然耳⑩；既而其后常然，至其终身未尝不然。吾虽不及事姑，而以此知汝父之能养也。"

【注释】

①孤：《孟子·梁惠王下》："幼而无父曰孤。"

②太夫人守节自誓：指欧阳修的母亲郑氏自己下决心不改嫁。太夫人，指修母郑氏。守节，信守名分，保持节操。特指妇女在丈夫死后不再嫁或未婚夫死后终身不嫁。自誓，自己发誓。

③"居穷"至"俾（bǐ）至于成人"：王偁《东都事略·欧阳修

传》："母郑氏守节自誓，亲教修读书。家贫，至以荻画地学书。"居穷，生活贫困。自力，依靠自己的力量。长，养育。俾，使。

④"无一瓦之覆"至"以庇而为生"：没有一片可供遮蔽的瓦，没有一块可供耕种的田地，让我们凭借这些庇佑维生。指修父为官廉洁，死后家无余财。

⑤姑：古代盛行"中表"亲，即表兄弟姐妹之间的婚姻，作为血亲的"舅、姑"与作为姻亲的"公、婆"称谓常重叠，后来婚姻制度虽然变化，习惯性称谓仍然保留在日常生活及历史典籍中。这里指婆婆。

⑥归：古代女子出嫁叫做"归"。

⑦免于母丧：母死后守丧三年期满。

⑧间御：偶尔进用。

⑨何及：指不及以酒食事亲。

⑩适然：偶然。和下文"常然"、"未尝不然"相呼应。

【译文】

　　我很不幸，四岁时父亲就去世了。母亲自己立志守节，生活贫困，她依靠自己维持生活，来抚养我、教育我，使我得以长大成人。母亲告诉我说："你父亲为官清廉而且乐善好施，喜欢结交朋友。他的薪俸虽然微薄，还总是不让有多余的钱财，说：'不要让这钱财成为我的负累！'所以他亡故后，没有留下一片可供遮蔽的瓦，没有一块可供耕种的田地，让我们凭借这些庇佑维持生活。我靠什么坚守自立呢？我对你的父亲，知道他的一些品行，因此对你有所期待啊。自从我成为你们欧阳家的人，婆婆已经去世，没有机会侍奉她，但我知道你父亲能够孝养侍奉他的双亲。你自幼失去父亲，我无法知道你将来必然有所建树，但我知道你父亲一定继后有人。我刚嫁到你家时，你父亲脱去为母亲所穿的孝服才一年。在年终和按时节祭祀时，就必定会哭泣着说：'祭祀再丰盛，也不如生前微薄的奉养啊。'偶然吃些好的酒菜，他也会哭泣说：'从前母亲在时常常不够，如今足够有余，可是已经来不及孝养她了！'刚开始我看见一二次，还以为他刚除丧才会这样；在那以后还总是这样，直到他去世也未尝不是这样。我虽然没来得及侍奉婆婆，但根据这些知道你的父亲肯定会孝养他的母亲。

　　"汝父为吏，尝夜烛治官书①，屡废而叹。吾问之，则曰：'此死狱也，我求其生不得尔②。'吾曰：'生可求乎？'曰：'求其生而不得，则死者与我皆无恨也；矧求而有得邪？以其有得，则知不求而死者有恨也。夫常求其生，犹失之死；而世常求其死也③。'回顾乳者剑汝而立于旁④，因指而叹曰：'术者谓我岁行在戌将死⑤，使其言然，吾不及见儿之立也，后当以我语告之。'其平居教他子弟，常用此语，吾耳熟焉，故能详也⑥。其施于外事，吾不能知。其居于家，无所矜饰⑦，而所为如此，是真发于中者邪！呜呼！其心厚于仁者邪！此吾知汝父之必将有后也。汝其勉之！夫养不必丰，要于孝；利虽不得博于物⑧，要其心之厚于仁，吾不能教汝，此汝父之志也。"修泣而志之⑨，不敢忘。

【注释】

　　①官书：官文书，这里指案件。

　　②求其生不得尔：指无法减免其死刑。《汉书·刑法志》引孔子曰："今之听狱者，求所以杀之。古之听狱者，求所以生之。"

　　③"求其生而不得"至"而世常求其死也"：传神地摹写刻画了其父断狱的谨慎和慎之又慎。矧（shěn），况且。

　　④剑：抱。《礼记·曲礼上》："负剑辟咡诏之。"郑玄注："剑谓挟之于旁。"

　　⑤术者谓我岁行在戌将死：修父死于大中祥符三年（1010）庚戌。术者，指古代推算人事吉凶的占卜、星命之流。

　　⑥吾耳熟焉，故能详也：成语"耳熟能详"的出处。听得多了，就可以说得详尽细致。耳熟，听熟了。详，细说。

⑦矜饰：夸张，粉饰。

⑧博于物：普及于人。

⑨志：通"识"，记住。

【译文】

　　"你父亲做官，曾经在夜晚点着蜡烛审阅公文，他一再丢下公文发出叹息。我问他，就说：'这是个死刑案啊，我想为他求得一条生路却办不到啊。'我问：'可以为死囚找生路吗？'他说：'想为他寻求生路却无能为力，那么判死刑的人和我就都没有遗憾了；况且去寻求

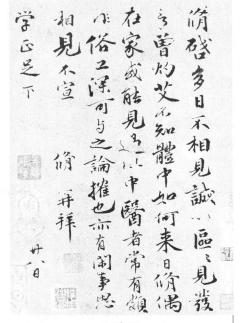

欧阳修书札

生路而又有可能做得到呢？因为有可能得到赦免，那么不去为他寻求生路，被处死的人就可能有遗恨啊。经常为死囚求生路，还不免错杀；更何况世上总有人想置犯人于死地呢。'他回头看见乳母抱着你站在旁边，于是指着你叹息说：'算命的人说我到戌年头就会死，假使他的话说准了，我就来不及看见儿子长大成人了，将来你要把我的话告诉他。'他也常常说这些话教育别人的子弟，我听得多了，所以能说得详尽细致。他在外面怎么样，我无法知道。他在家时，从不矜持做作，那么他的这些行为，的确都是发自内心的啊！唉！他的心地宽厚是因为仁爱啊！这就是我知道你父亲一定后继有人的原因。你要以此自勉啊！奉养父母不必非常富足，重要的是孝；利益虽然不能遍施于所有的人，重在有仁爱之心。我不能教你什么，这些都是你父亲的愿望。"我流着泪记下了这些教诲，不敢忘记。

　　先公少孤力学。咸平三年①，进士及第。为道州判官②，泗、绵二州推官③，又为泰州判官④，享年五十有

九，葬沙溪之泷冈。太夫人姓郑氏，考讳德仪⑤，世为江南名族⑥。太夫人恭俭仁爱而有礼；初封福昌县太君⑦，进封乐安、安康、彭城三郡太君⑧。自其家少微时，治其家以俭约，其后常不使过之，曰："吾儿不能苟合于世，俭薄所以居患难也。"其后修贬夷陵⑨，太夫人言笑自若，曰："汝家故贫贱也，吾处之有素矣⑩。汝能安之，吾亦安矣。"

【注释】

①咸平三年：宋真宗咸平三年是公元1000年。

②道州：地名，治所在今湖南道县。判官：官名，州郡长官的僚属，掌文书事务。

③泗：州治在今安徽泗县。绵：州治在今四川绵阳。推官：州郡长官的僚属，专掌管刑事。

④泰州：治所在今江苏泰州。

⑤考：亡父。讳：名讳。

⑥江南：宋时地区划分为路，宋真宗时全国划分为十八路，江南为一路，辖区相当于今天的江西、江苏的长江以南，镇江、大茅山、长荡湖一线以西和安徽长江以南以及湖北阳新、通山等。

⑦福昌：今河南宜阳。太君：古代官员母亲的封号。《宋史·职官志十》载文武群臣母封国太夫人、郡太君、县太君，视官阶为次。

⑧乐安：古代郡名，治所在今山东博兴。安康：今陕西石泉。彭城：古代郡名，治所在今江苏徐州。

⑨夷陵：县名，今湖北宜昌东南。宋仁宗景祐三年（1036），范仲淹与宰相吕夷简不和，罢知饶州，朝臣多论救，独谏官高若讷以为当贬。欧阳修写信骂高"不复知人间有羞耻事"，并叫他"直携此书于朝，使正予罪而诛之。"高上其书于仁宗，欧阳修因此被贬为夷陵令。事见《宋史》范仲淹、欧阳修两传。

⑩素：如同平时一样。

先父年幼丧父，努力读书。咸平三年考中进士。曾任道州判官，泗、绵二州推官，又做过泰州判官，享年五十九岁，葬在沙溪的泷冈。母亲姓郑，她的父亲名讳是德仪，世代都是江南的名门望族。母亲为人恭谨有礼、节俭仁爱，起初诰封为福昌县太君，后来加进封为乐安、安康、彭城三个郡的太君。我家贫穷低微时，她就以俭约的原则持家，后来家境富裕了，也不许花费过多，她说："我的儿子你不能苟且迎合世人，勤俭淡薄才能应对患难。"后来，我被贬夷陵，母亲言笑如常，说："你家本来就贫穷低微，我过这样的日子习惯了。你能够安于这样的平淡，我更加安心了。"

自先公之亡二十年，修始得禄而养[1]。又十有二年，列官于朝，始得赠封其亲[2]。又十年[3]，修为龙图阁直学士[4]、尚书吏部郎中[5]，留守南京[6]，太夫人以疾终于官舍[7]，享年七十有二。又八年[8]，修以非才入副枢密[9]，遂参政事[10]。又七年而罢[11]。自登二府[12]，天子推恩，褒其三世[13]。故自嘉祐以来，逢国大庆，必加宠锡[14]。皇曾祖府君[15]，累赠金紫光禄大夫、太师、中书令[16]。曾祖妣累封楚国太夫人[17]。皇祖府君累赠金紫光禄大夫、太师、中书令兼尚书令[18]。祖妣累封吴国太夫人。皇考崇公累赠金紫光禄大夫、太师、中书令兼尚书令。皇妣累封越国太夫人。今上初郊[19]，皇考赐爵为崇国公，太夫人进号魏国[20]。

115

【注释】

① 自先公之亡二十年，修始得禄而养：宋仁宗天圣八年（1030），欧阳修考取进士后，授将仕郎，试秘书省校书郎，充西京（今洛阳）留守推官。

② 又十有二年，列官于朝，始得赠封其亲：宋仁宗康定元年（1040），欧阳修被召复京，复任馆阁校勘原官，修《崇文总目》，后

转太子中允。庆历元年（1041），祀南郊，加骑都尉，改集贤校理。赠封其亲，当在此年。

③又十年：宋仁宗皇祐二年（1050）。

④龙图阁：宋朝藏图书典籍的馆阁之一。《宋史·职官志二》："阁上以奉太宗御书、御制文集，及典籍图书宝瑞之物，及宗正寺所进属籍、世谱。有学士、直学士、待制、直阁等官。"直学士，位在学士下。

⑤吏部：宋时属尚书省，掌管全国官吏任免、考课、升降、调动等事务，设郎中四人，分掌各司之职。

⑥留守南京：宋制，西京、南京、北京各置留守一人，以知府兼任。南京为应天府，治所在今河南商丘。欧阳修于皇祐元年（1049），以龙图阁直学士知颍州，次年改知应天府兼南京留守司事，转吏部郎中，加轻车都尉。

⑦太夫人以疾终于官舍：修母死于皇祐四年（1052）。

⑧又八年：宋仁宗嘉祐五年（1060）。

⑨副枢密：为枢密副使。枢密使，全国最高军事长官。

⑩参政事：为参知政事，即副宰相。欧阳修于嘉祐六年（1061）转户部侍郎，拜参知政事。

⑪又七年而罢：宋英宗治平四年（1067），欧阳修罢免参知政事。

⑫二府：宋制，枢密院主管军事，中书省主管政事，同掌国家大权，并称二府。

⑬褒其三世：封赠其曾祖、祖、父母三世。

⑭加宠锡：加官号。

⑮府君：古代子孙对其先世的尊称。

⑯金紫光禄大夫：汉朝置光禄大夫，掌顾问应对。宋朝为散官。加金章紫绶者，称金紫光禄大夫。太师：周朝设置的宰辅之官，历代沿用，与太傅、太保合称三公。宋承唐制，列为赠官。中书令：中书省长官，隋唐时宰相之称。宋朝改为赠官。

⑰妣（bǐ）：原指母亲，后称已经死去的母亲。也泛指祖母和祖

母辈以上的女性祖先。

⑱尚书令：尚书省长官，唐初为宰相之职。宋朝改为加官、赠官，位在太师之上。

⑲今上初郊：宋神宗熙宁元年（1068）郊祀。古时郊祀是一种大典，皇帝多于此时对臣下加官赠封，以示恩宠。今上，指宋神宗赵顼。郊，祭天。

⑳皇考赐爵为崇国公，太夫人进号魏国：自"修为龙图阁直学士"至此，补叙仕途历官，详载年数，与篇首"六十年"首尾呼应，并叙写先祖的赐爵受封。

【译文】

自先父去世二十年，我才做官有俸禄奉养母亲。又过了十二年，才在朝中做官，获得赠封双亲。又过了十年，我担任龙图阁直学士、尚书吏部郎中，留守南京，母亲因病逝世于官邸，享年七十二岁。又过了八年，我以浅薄的才能，做了朝廷的副枢密使，进而任参知政事。又过了七年被罢官。自从进入军政二府（枢密院、中书省）后，皇帝施恩，褒奖我的三代宗亲。自从仁宗嘉祐年间以来，每逢国家大庆，必定对我的先祖加以恩宠赐封。曾祖父最高赠封为金紫光禄大夫、太师、中书令。曾祖母最高赠封为楚国太夫人。祖父最高赠封为金紫光禄大夫、太师、中书令兼尚书令。祖母最高赠封为吴国太夫人。先父崇国公最高赠封为金紫光禄大夫、太师、中书令兼尚书令。先母最高赠封为越国太夫人。当今皇上初次举行祭天大礼时，先父被赐爵为崇国公，先母进爵为魏国太夫人。

于是小子修泣而言曰："呜呼！为善无不报，而迟速有时，此理之常也。惟我祖考，积善成德，宜享其隆。虽不克有于其躬，而赐爵受封，显荣褒大，实有三朝之锡命①，是足以表见于后世，而庇赖其子孙矣。"乃列其世谱，具刻于碑。既又载我皇考崇公之遗训，太夫人之所以教而有待于修者，并揭于阡。俾知夫小子修之

118

德薄能鲜，遭时窃位，而幸全大节，不辱其先者，其来有自②。熙宁三年岁次庚戌四月辛酉朔十有五日乙亥③，男推诚保德崇仁翊戴功臣、观文殿学士、特进、行兵部尚书、知青州军州事、兼管内劝农使、充京东东路安抚使、上柱国、乐安郡开国公④，食邑四千三百户，食实封一千二百户⑤，修表。

【注释】

①三朝：宋仁宗、英宗、神宗三朝。

②"俾知夫小子修之德薄能鲜"至"其来有自"：很得体地将自己"幸全大节，不辱其先"的功劳一归于祖宗阴德。毫无自矜自夸之意，全是归美先德之心。

③四月辛酉朔：指四月初一的干支属辛酉。在月下系以朔日的干支是汉朝以来墓碑的通例。

④"男推诚保德崇仁翊戴功臣"至"乐安郡开国公"：历叙欧阳修的最高封职，以示荣宠。嘉祐元年（1056）欧阳修进封乐安郡开国侯，嘉祐六年进封开国公。治平二年（1065）加上柱国，四年任命为观文殿学士，改赐推诚保德崇仁翊戴功臣。熙宁元年（1068）转兵部尚书，改知青州军州事，兼管内劝农使，充京东东路安抚使。特进，汉置官名，王侯将军功德隆盛者，赐位特进，位在三公下。唐宋时改为散官。上柱国，宋朝勋官十二级中最尊者。开国公，宋朝封爵的第六等。

⑤食邑四千三百户，食实封一千二百户：按《宋史·职官志八》，封爵的食邑至唐朝已成虚设，实封者岁入有差。至宋朝，实封者也只是虚设，并无实给。

【译文】

于是我哭泣着说："唉！做善事没有不得到回报的，只是有快慢的区别，这是常理啊。我的祖先，积善成德，理应享有这隆重的封赠。虽然他们在有生之年不能享受到，但是赐爵位受封号，显赫的荣耀，巨大的褒奖，实实在在地有三朝皇帝的恩赏诰封，这就足够使其德行显扬后世，庇荫子孙。"于是排列我家世代的谱系，详细刻在石碑上。然后又记下先父崇国公的遗训，母亲对我的教诲和对我的期待，都刻在阡表上立在墓道上。让大家知道德行浅薄能力微小的我，适逢其时得到高官，有幸保全品节，没有辱没先祖，这些都是有渊源的。神宗熙宁三年，庚戌年，四月初一辛酉，十五日乙亥，儿子我，推诚保德崇仁翊戴功臣、观文殿学士、特进、行兵部尚书、知青州军州事、兼管内劝农使、充京东路安抚使、上柱国、乐安郡开国公、食邑四千三百户、食实封一千二百户，欧阳修谨立此表。

祭欧阳文忠公文

王安石

【题解】

宋神宗熙宁五年（1072），一代文师欧阳修在颍州私第与世长辞，终年六十六岁，谥号"文忠"。一时文坛沉痛，咏声哀悼，寄托追思。在京为相的王安石也亲自执笔，恣墨疾书，写下这篇疏朗有致、诚挚悲悼的祭文。

王安石出于欧阳修门下，获得欧阳修的奖掖和提拔，因而有知遇之恩。后来虽因政见之不同，也有过意见分歧，但并未影响两人之间的深厚交谊，王安石曾感慨"非欧公无足以知我"。欧阳修被时人誉为"以文章道德为一世宗师"。祭文短短四百余字，着眼于欧阳修的道德、文章、功业，皆推崇备至，隐然有"太上有立德，其次有立功，其次有立言，虽久不废，此之谓不朽"之意，真可谓"非安石无足以知欧公也"！又妙在文势辞句全用欧公祭文笔法，以议论起笔，尤其巧妙化用《祭石曼卿文》、《祭尹师鲁文》等笔意成句，言有尽而意无穷，不胜其追慕怀想之情。

作为祭文，本篇一反常套，独出机杼，避开"悲"字作文章。全文以议论张本，迂回起笔，先强调"亦又何悲"，议论"盛衰兴废之理，自古如此"，然而终于理不胜情，"临风想望，不能忘情"，以"不能不悲"推翻了开端的"何须悲"，抒发无限悲悼追慕之情。

祭文用杂言韵文，长距离用韵，又长短参差，这是宋人的风气，此文可为典型代表。辞采飞扬，气势充沛，不愧前人所评："欧阳公祭文，当以此为第一。"

夫事有人力之可致，犹不可期①；况乎天理之溟漠，又安可得而推②？惟公生有闻于当时，死有传于后世③，苟能如此足矣，而亦又何悲④！

【注释】

①夫事有人力之可致，犹不可期：欧阳修《删正黄庭经序》："盖命有长短，禀之于天，非人力之所能为也。"《祭尹师鲁文》："得非命在乎天，而不在乎人？"此用其意进一层说：人力可为之事，尚且不能期其必然。致，做到。期，期望。

②况乎天理之溟（míng）漠，又安可得而推：慨叹天意幽昧难明，更无从捉摸。意思是说：想不到像欧阳修那样不应当死的人也死了。从"天理"的难以揣度流露出无可奈何的凄怆情绪，委婉表达对欧阳修去世的痛惜之情，同时以"理不可推"反衬下句对欧阳修一生功业的肯定。溟漠，渺茫。推，推求、推知。

③惟公生有闻于当时，死有传于后世：生死对举，评价欧公的人生境界，语气斩决，字字千钧。《祭尹师鲁文》："死生之间，既已能通于性命。"《祭石曼卿文》："卓然不朽者，后世之名。"闻，这里指声望。

④苟能如此足矣，而亦又何悲：自"夫事有人力之可致"至此，以议论迂回起笔，前言天人予夺之际，欧公不期而卒之憾，此又言"何悲"，语气跌宕之际，以生而有闻，死而有传概括欧阳修一生之成就，不言悲而悲在其中，足见遗憾、悲悼之情，可谓正话反说，词旨清峻。《祭尹师鲁文》："子能自达，予又何悲？"

祭欧阳文忠公文

【译文】

大凡靠人力能够做得到的事情，尚且难以预料；更何况天意渺茫，谁又能够

王安石像

揣测得到呢！惟有先生，生时已闻名于当代；死后又会流芳百世。一个人假如能有这样的成就，一生就已经很满足了，又有什么可悲伤的呢！

如公器质之深厚①，智识之高远，而辅学术之精微②，故充于文章，见于议论，豪健俊伟，怪巧瑰琦③。其积于中者，浩如江河之停蓄④；其发于外者，烂如日星之光辉⑤；其清音幽韵，凄如飘风急雨之骤至⑥；其雄辞闳辩，快如轻车骏马之奔驰⑦。世之学者，无问乎识与不识⑧，而读其文，则其人可知⑨。

【注释】

①器质：器度（胸襟）、品质。

②辅：辅助，这里指兼备。精微：精深微妙。

③豪健俊伟，怪巧瑰琦：词句仿《祭石曼卿文》："轩昂磊落，突兀峥嵘"。豪建，气魄大，强有力。瑰琦，玉石，形容文章的卓异不凡。

④其积于中者，浩如江河之停蓄：有如江河一般浩瀚的深博厚积。比喻欧阳修道德学问积累丰富。中，内心。停蓄，停留积聚，引申为深沉。韩愈《柳子厚墓志铭》："为词章，泛滥停蓄，为深博无涯涘。"

⑤其发于外者，烂如日星之光辉：表现出来就像日星光辉那样灿烂辉煌。比喻文辞绚烂。《祭尹师鲁文》："尤于文章，焯如星日。"《祭石曼卿文》："著在简册者，昭如日星。"

⑥其清音幽韵，凄如飘风急雨之骤至：那清越幽远的韵律，像暴风急雨突然来到那样的寒凉。比喻音韵和谐。清音，清越的音调。幽韵，幽雅的韵致。飘风急雨，来势急遽而猛烈的风雨。骤，急速。

⑦其雄辞闳辩，快如轻车骏马之奔驰：他那雄健的言辞、博大的议论，就像骏马拉轻车一样的快捷。雄辞闳辩，指说理充分、气势宏大

的言词。上四句以仿欧阳修祭文的句法修辞,赞誉其文章与言辞。

⑧无问乎识与不识:暗寓天下士人对于欧阳修的倾慕之情。司马迁《史记·李将军列传》:"及死之日,天下知与不知,皆为之哀。彼其忠实心诚信于士大夫也。"又《祭尹师鲁文》:"冀以慰子,闻乎不闻?"

⑨而读其文,则其人可知:语出《孟子·万章下》:"读其书,不知其人可乎?"

【译文】

像先生您,器量和品质如此恢宏深厚,才智和识见如此高超远大,更兼学术如此精深微妙,因而充塞在文章里,表现在议论中,是那样的豪健俊伟、瑰奇不凡。先生心胸所蕴,浩瀚有如江河之洪涛;发为文章,灿烂仿佛日月的光辉;那清越的音调和幽雅的韵致,凄然一似急雨飘风突然来到;那些气魄宏大、才情横溢的言论与文章,爽快流畅就像轻车骏马的奔驰。世上的学者,无论他是否熟识先生,只要读过先生的著作,就能知道先生的为人。

呜呼!自公仕宦四十年,上下往复,感世路之崎岖①。虽屯邅困踬,窜斥流离②,而终不可掩者,以其公议之是非③。既压复起,遂显于世④。果敢之气,刚正之节,至晚而不衰⑤。方仁宗皇帝临朝之末年,顾念后事⑥,谓如公者,可寄以社稷之安危。及夫发谋决策,从容指顾⑦,立定大计⑧,谓千载而一时⑨。

【注释】

①自公仕宦四十年,上下往复,感世路之崎岖:三句概括仕宦经历。欧阳修自宋仁宗天圣八年(1030)中进士,任西京留守,至宋神宗熙宁四年(1071)以观文殿学士、太子少师辞官,恰为四十年。上下,指官职的升降。往复,指贬官外放和复职入朝。

②屯邅(zhūn zhān)困踬(zhì),窜斥流离:屯邅,处境困难。

欧阳修书法

《周易·屯》:"屯如邅如。"困踬，遭受挫折。踬，跌倒。窜斥，放逐排斥。

③公议之是非:意谓是非自有公论。公议，舆论。

④既压复起，遂显于世:欧阳修一再受到贬谪。宋仁宗嘉祐五年（1060）拜为枢密副使，次年参知政事，成为朝中著名的大臣。压，指被贬。起，指起用。

⑤果敢之气，刚正之节，至晚而不衰:赞美欧阳修为官期间穷通不改其志。吴充《欧阳公行状》:"公为人刚正，质直闳廓，未尝屑屑于事，见义敢为，患害在前，直往不顾，用是数至困逐。及复振起，终不改其操。"

⑥顾念后事:指仁宗考虑自己死后皇位继承的事。

⑦从容指顾:态度从容而决策迅速。《祭尹师鲁文》:"颜色不变，笑言从容。"指顾，手指目视，比喻迅速。

⑧立定大计:指立英宗事。仁宗无子，以太宗曾孙宗实为子，赐名曙。欧阳修两次上书请选立曙，后即位为英宗。

⑨谓千载而一时:可谓一时建立了千载难得的功勋。

【译文】

唉!自先生做官四十年来，或升迁，或贬职，或入朝，或外调，真让人感叹世路实在是崎岖难行。先生即使处境困厄，举步维艰，贬谪放逐，颠沛流离，而终究没有埋没无闻，是因为是非自有公论。所以在您已经被压制之后，又能够再度受到重用，于是名闻于世。先生果决勇敢的气魄、刚强正直的节操，一直到晚年也没有改变。当仁宗皇帝在位的晚年，仁宗皇帝考虑到身后的皇位继承大事时，曾说像先生这样的人，可以把决定国家安危的大事托付给他。后来先生确定方针，从容行动，果断迎立英宗即位，真可说是建立了千载难得的功勋。

功名成就，不居而去①，其出处进退②，又庶乎英魄灵气③，不随异物腐散，而长在乎箕山之侧与颍水之湄④。

【注释】

①不居而去：欧阳修自英宗治平三年（1066）起屡次上表求去，于熙宁四年（1071）辞官离朝。

②出处进退：指做官和隐退。《祭尹师鲁文》："用舍进退，屈伸语默。"

③英魄灵气：欧阳修《祭石曼卿文》："生而为英，死而为灵。其同乎万物生死，而复归于无物者，暂聚之形；不与万物共尽，而卓然其不朽者，后世之名。"指欧阳修和石曼卿一样，精神不朽。

④不随异物腐散，而长在乎箕山之侧与颍水之湄：皇甫谧《高士传》载唐尧隐士许由耕于"颍水之阳，箕山之下"，后人因称箕山、颍水为隐士所居之地。欧阳修晚年退隐颍州，葬于新郑，地近箕山颍水。此处用典，切人切事，可谓天然文字。盛赞欧阳修德泽必万古常新，也含有"先生之风，山高水长"的意思。

【译文】

功成名就之际，先生不居有功而主动退隐。出仕归隐的态度和德行是那样高尚，先生的英灵，决不会随着草木同朽，而一定长留在箕山之侧与颍水之滨永不消散。

然天下之无贤不肖①，且犹为涕泣而歔欷②。而况朝士大夫，平昔游从③，又予心之所向慕而瞻依④！

【注释】

①无贤不肖：无论贤人和不贤的人。指举国皆悼欧阳修，其风范永铭人心。

②歔欷（xū xī）：哭时的抽泣声。

③平昔游从：生前的师友。《祭尹师鲁文》："师友之益，平生之旧。"《祭石曼卿文》："吾不见子久矣，犹能仿佛子之平生。"

④瞻依：瞻仰依恋。语出《诗·小雅·小弁》："靡瞻匪父，靡依匪母。"郑玄笺："此言人无不瞻仰其父取法则者，无不依恃其母以长大者。""瞻依"二字十分贴切，含有对欧阳修像尊长那样的敬意。

【译文】

但是当今天下人，无论贤能或不肖，尚且在为先生的辞世而痛哭流涕，感叹不已。何况是朝廷里的士大夫同僚，长期与先生交游往来的人，更何况我内心对先生是那样的向往敬慕而瞻仰依恋呢？

呜呼！盛衰兴废之理，自古如此；而临风想望，不能忘情者①，念公之不可复见，而其谁与归②！

【注释】

①"盛衰兴废之理"至"不能忘情者"：抒发源自肺腑的哀痛之情，表达作者个人的向慕之情。欧阳修《祭石曼卿文》："此自古圣贤，莫不皆然。""盛衰之理，吾固知其如此，而感念畴昔，悲凉凄怆，不觉临风而陨涕者，有愧夫太上之忘情。"《祭尹师鲁文》："情之难忘，言不可究。"想望，追想怀念。

②谁与归：谓归心于谁呢？与，从。归，归往，宗仰。《礼记·檀弓下》："死者如可作也，吾谁与归？"

【译文】

啊！事物盛衰兴废的道理，自古以来即是如此。但是我面对着清风追想怀念先生，心中不能不感伤的是，再也见不到先生您了，从此以后我将追随谁呢！

祭王平甫文

曾 巩

【题解】

　　王安国，字平甫，王安石弟。王安国器识磊落，文思敏捷，而累试不第，举茂材，"有司考其所献《序言》第一，又以母丧不试"，后来赐进士及第，"士皆以谓君且显矣，然卒不偶"。

　　熙宁三年（1070）起，王安石变法。王安国与王安石虽为兄弟，但对其变法和用人不以为然，批评其知人不明、聚敛太急、峻法刻薄，屡次劝谏王安石停止变法，面斥王安石亲信吕惠卿为佞人，因而不被重用。

　　熙宁七年（1074），大旱，饥民流离失所。言官郑侠绘《流民图》进献神宗，王安国上书，支持郑侠，攻击吕惠卿"朋党奸邪"。王安石被迫罢相，吕惠卿上台。郑侠被治罪，王安国被诬陷同谋，罢归田里。不久，王安石重入秉政，王安国官复原职。然而旨意才下，王安国即离开人世，终年四十七岁。"不肯画堂朱户，春风自在杨花"据说就是王安石写给弟弟的。

　　早在景祐三年（1036），曾巩就结识王安石并成为密友；王安国是曾巩的妹夫；曾巩与苏轼是同榜进士，交游甚好。在这样纷纭复杂的政治环境和人际关系中，曾巩很难指切事实、断论是非，然而以为王安国人才难得，感慨其怀才不遇，因而《祭王平甫文》避实就虚，再三致意，融注不平，又曲折尽意。起势造语纵横开合，其笔墨虽不及韩愈纵横变化，但气势不凡，造语自然，舒缓从容，颇见敛气蓄势之功。

　　呜呼平甫①！决江河不足以为子之高谈雄辩②，吞云梦不足以为子之博闻强记③。至若操纸为文④，落笔千字⑤，徜徉恣肆⑥，如不可穷，秘怪恍惚⑦，亦莫之系⑧，皆足以高视古今，杰出伦类⑨。而况好学不倦⑩，垂老愈专⑪，自信独立⑫，在约弥厉⑬。而志屈于不申，材穷于不试⑭。人皆待子以将昌⑮，神胡速子于长逝⑯！

【注释】

①平甫：王安国的字。王安国于宋神宗熙宁七年（1074）八月十七日卒。此文原题目下标"熙宁十年十月二十一日"，是撰于熙宁十年（1077），王安国去世三年后，王安石变法失败、罢相的次年。每年农历十月十五日为下元节，民间祭祀亡灵，上坟添土，送寒衣。此文当是应节祭祀之文。

②决江河不足以为子之高谈雄辩：形容安国言辞豪放、滔滔不绝的非凡气势。高谈雄辩，豪放不羁、论理充分有力的谈论。形容言辞高妙，能言善辩。杜甫《饮中八仙歌》："焦遂五斗方卓然，高谈雄辩惊四筵。"

③吞云梦不足以为子之博闻强记：形容安国深博闳富。云梦，即"云梦泽"。古代云、梦为二泽。云在长江之北，梦在长江之南。后淤积为陆地，并称为云梦。《子虚赋》："云梦者，方九百里"。孟浩然《临洞庭湖赠张丞相》："气蒸云梦泽，波撼岳阳城。"博闻强记，形容知识丰富，记忆力强。《礼记·曲礼上》："博闻强识而让，敦善行而不怠，谓之君子。"

④操纸为文：称赞安国援笔立就的文才。韩愈《张中

宋陵石刻

祭王平甫文

丞传后叙》："为文章，操纸笔立书，未尝起草。"

⑤落笔千字：称赞安国下笔千言的快捷之才。

⑥徜徉恣肆：犹"汪洋恣肆"，形容文章挥洒自如，气势豪放。柳宗元《直城县开国伯柳公行状》："凡为文，去藻饰之华靡，汪洋自肆，以适己为用。"徜徉，安闲自得貌。

⑦秘怪：神秘奇特。恍惚：形容文章隐约精微，不易辨察。

⑧系：束缚。这里指文章精微，很难捕捉。

⑨伦类：流辈。方干《偶作》："若于岩洞求伦类，今古疏愚似我多。"

⑩好学不倦：喜欢学习，不知疲倦。《史记·楚世家》："昔我文公，狐季姬之子也，有宠于献公，好学不倦。"

⑪垂老：渐渐到老，这里指年纪大了以后。杜甫《垂老别》："四郊未宁静，垂老未得安。"

⑫自信独立：自视甚高，超凡拔俗。据《东轩笔录》载，王安国自视甚不凡。独立，超凡拔俗，与众不同。《易·大过》；"君子以独立不惧，遁世无闷。"孔颖达疏；"君子于衰难之时，卓尔独立，不有畏惧。"此处也有安国不附和王安石之意。

⑬在约弥厉：赞扬安国处于困境而更加振奋的精神。约，穷困，不得志。厉，振奋。

⑭志屈于不申，材穷于不试：指王安国累试不第，又以母丧不能应试茂材。暗寓怀才不遇的悲慨。王安石《平甫墓志》有"数举进士不售"、"举茂材异等，有司考其所献《序言》第一，又以母丧不试"。

⑮人皆待子以将昌：人们都期待你显身扬名。王安石《平甫墓志》："士皆以谓君且显矣，然卒不偶，官至于大理寺丞。"待，期望。昌，昌盛。

⑯胡：为何。速：召请。

【译文】

唉！平甫啊！江河决流，不足以形容你的雄谈阔论，气吞云梦，不足以仿佛你的博闻强记。至于援笔立就，下笔千言，汪洋恣肆，好似无穷无尽，神奇精微，一如无所束缚，这些都足以让你雄视古今文人，远超流辈。更何况你喜欢学习，废寝忘食，年纪越大，精神越专注，充满自信，独立不迁，越是困苦越能奋发。然而你受屈于大志无法实现，才华因为母丧不能应试而无处施展。人人都在期待你显身扬名，上天为什么这么快就召你离去！

　　呜呼平甫！念昔相逢，我壮子稚①，间托婚姻②，相期道义③。每心服于超轶④，亦情亲于乐易⑤。何堂堂而山立⑥，忽泯泯而飙驶⑦。讣皎皎而犹疑⑧，泪汍汍而莫制⑨。聊寓荐于一觞⑩，纂斯言而见意⑪。

【注释】

①念昔相逢，我壮子稚：回忆二人相识，曾巩长安国八岁，交往日久情厚。

②间托婚姻：指王安国娶曾巩妹为妻。

③相期道义：以道义相鼓励。寓赞颂之意。《东轩笔录》卷五："王安国性亮直，嫉恶太甚。王荆公初为参加政事，闲日因阅读晏元献公小词而笑曰：'为宰相而作小词，可乎？'平甫曰：'彼亦偶然自喜而为尔，顾其事业岂止如是耶！'时吕惠卿为馆职，亦在坐，遽曰：'为政必先放郑声，况自为之乎？'平甫正色曰：'放郑声，不若远佞人也。'"

④超轶：即"超轶绝尘"，指骏马奔驰，出众超群，不着尘埃。语出《庄子·徐无鬼》："天下马有成材，若卹若失，若丧其一，若是者超轶绝尘，不知其所。"

⑤乐易：开朗平易。语出《荀子·荣辱》："乐易者常寿长，忧险者常夭折。"据《东轩笔录》记载，王安国喜谑浪，好饮酒。

⑥何堂堂而山立：像山一样高大耸立。王安国身材高大。《东轩笔录》卷十二："王平甫学士躯干魁硕而眉宇秀朗。"

⑦忽泯泯而飙（biāo）驶：突然像暴风一样迅即消失了。泯泯，

消失，灭绝。飙，暴风。

⑧讣皎皎而犹疑：讣告分明在眼前却不愿相信。皎皎，分明的样子。

⑨汍汍（huán）：流泪的样子。

⑩聊寓荐于一觞：姑且借杯酒寄托荐亡之情。荐，即荐亡。指为死者念经或做佛事，使其亡灵早日脱难超升。农历十月十五下元节，民间祭祀亡灵，上坟添土，送寒衣。洪迈《夷坚丙志·常罗汉》："自是群人作佛事荐亡，幸其来以为冥涂得助。"

⑪纂斯言而见意：撰写此文表达悲悼之意。纂，写。

【译文】

唉！平甫啊！回想起我们过去的相逢，我正壮年而你还少稚，两家之间通婚结好，我们之间以道义相互期许鼓励。我常打心底佩服你的出群超众，也由衷喜欢你开朗平易的性格。曾经像山一样高大伟岸的身躯，为何忽然间就像暴风一样迅即消失了？讣告明明放在眼前而我却无法相信，眼泪婆娑情不自已。姑且借杯酒寄托超度亡灵的哀情，并撰写此文表达悲伤悼念之意。

祭文与可文

苏　轼

【题解】

　　文同,字与可,北宋有名的墨竹大师。治平元年(1064),苏轼与文与可相识于凤翔。与可年长苏轼十八岁。二人志趣相投,诗画相和,十五年相交,亲密无间。

　　与可脱俗淡雅,一生嗜竹。命其舍为"墨君堂",堂周广栽竹林,赏竹吟竹,"心虚异众草,节劲逾凡木";观竹画竹,"先得成竹在胸"。苏轼为之作《墨赋》:"朝与竹兮为游,暮与竹兮为朋,饮食乎其间,偃息乎竹阴。忽乎忘笔之在手,与纸之在前,勃然而兴,而修竹森然。"与可画竹深墨为面,淡墨为背,技法独特。其墨竹,枝杆迅疾坚挺,左右顾盼;竹叶八面出锋,浓淡相间;叶尾露白,示披折偃仰之势,聚散无定,疏密有致。文同之竹,苏轼《墨君堂记》曰:"风雪凌厉以观其操,崖石荦确以致其节。得志,遂茂而不骄;不得志,瘁瘠而不辱。群居不倚,独立不惧。"

　　与可晚年尤其偏爱画"俯而仰"之"纡竹","为垂岩所轧","屈己以自保,生意愈艰",而又挣扎向上。相传他五十岁后,疾病缠身失意,郁闷即画纡竹。苏轼《跋与可纡竹》云:"想见亡友之风节,其不屈不挠者盖如此云。"与可三十二岁始中进士。在北宋新旧党争的激烈环境中,文与可守道忘势,行义忘利,修德忘名,受到苏轼、王安石和司马光的一致称誉。

　　元丰二年(1079)正月,文与可由洋州(今陕西洋县)改知湖州(今浙江湖州),赴任途中卒于陈州(今山东诸城)宛丘驿。时苏轼在彭城(徐州),乍闻死讯,二月五日即为文祭之。呼天抢地,涕泪如雨,悲恸之情溢于言表。三月,苏轼继任湖州知州。是年七月七日,苏轼在湖州晾晒书画,见文同遗画《筼筜谷偃竹图》,见物生情,又

宋文与可《墨竹图》

作《文与可画筼筜谷偃竹记》。在黄州，再作《黄州再祭文与可文》，不胜哀悼伤感之情。

维元丰二年，岁次己未，□□□□朔，五日甲辰①，从表弟朝奉郎、尚书祠部员外郎、直史馆、权知徐州军州事骑都尉苏轼②，谨以清酌庶羞之奠，致祭于故湖州文府君与可之灵曰③：

【注释】

①元丰二年：宋神宗元丰二年（1079），是年正月文与可卒，二月苏轼撰此祭文，时四十四岁。朔之前原缺四字。

②从表弟：文与可是苏轼弟苏辙的亲家翁，与可女适苏辙子；文与可又年长苏轼十八岁，故以此敬称，并非真是表兄弟。苏轼于熙宁二年（1069）至熙宁八年（1075）以太常博士直史馆权知杭州、密州。熙宁九年（1076）以尚书祠部员外郎直史馆权知徐州军州事。朝奉郎：宋朝文散官名。正六品上，相当于唐之朝议郎。尚书祠部员外郎：即宋朝礼部下属之祠部属官。骑都尉：相当于从五品。

③湖州：今浙江湖洲。元丰二年，文与可改授湖州知州，未到任而卒。府君：汉代对郡相、太守的尊称。

【译文】

元丰二年二月五日，从表弟朝奉郎、尚书祠部员外郎、直史馆、权知徐州军州事骑都尉苏轼，谨供上清酒佳肴等祭品，在前任湖州知州文与可府君的灵前祭奠：

呜呼哀哉，与可能复饮此酒也夫？能复赋诗以自乐，鼓琴以自侑也夫①？呜呼哀哉。余尚忍言之。气噎悒而填胸②，泪疾下而淋衣。忽收泪以自问，非夫人之为恸而谁为乎？道之不行，哀我无徒③。岂无友朋，逝莫告余④。惟余与可，匪亟匪徐⑤，招之不来，麾之不去⑥，不可得而亲，其可得而疏之耶？呜呼哀哉。孰能惇德秉义如与可之和而正乎⑦？孰能养民厚俗如与可之宽而明乎⑧？孰能为诗与楚词如与可之婉而清乎⑨？孰能齐宠辱、忘得丧如与可之安而轻乎⑩？呜呼哀哉。余闻讣之三日，夜不眠而坐喟。梦相从而惊觉，满茵席之濡泪⑪。念有生之归尽，虽百年其必至。惟有文为不朽⑫，与有子为不死。虽富贵寿考之人⑬，未必皆有此二者也。然余尝闻与可之言，是身如浮云，无去无来，无亡无存⑭。则夫所谓不朽与不死者，亦何足云乎？呜呼哀哉。

135

【注释】

①能复赋诗以自乐，鼓琴以自侑（yòu）也夫：表达不能相与为欢的哀伤惋惜之情。文与可能诗文，擅书画。侑，相助。

②噎悒（yē yì）：哽噎忧愁。

③道之不行，哀我无徒：哀悼失去志同道合的良朋。苏辙《祭文与可学士文》："抱志不伸，委化而迁。"徒，同道者，朋友。

④岂无友朋，逝莫告余：最亲爱的朋友亡逝，别告诉我难道没有别的朋友。表达"一见无期，百身何赎"的痛憾。

⑤匪亟匪徐：赞其从容不迫的气度。

⑥招之不来，麾之不去：听到招呼不过来，让他走也不走。形容人个性强，不轻易听命于他人。也形容人性情刚直不屈，能坚持原则。语出《史记·汲郑列传》："使黯（汲黯）任职居官，无以逾人。然至其辅少主，守城深坚，招之不来，麾之不去，虽自谓贲育亦不能夺

之矣。"苏辙《祭文与可学士文》："有触不屈，始知其坚。"

⑦惇（dūn）德秉义：赞颂文与可崇尚德行、坚持道义的品德。语出《尚书·虞书》："柔远能迩，惇德允元。"柳宗元《清河张府君墓志铭》："逮夫弱冠，遵道秉义。"惇，崇尚。

⑧养民厚俗：赞颂文与可保养百姓、敦厚民俗的政事功绩。养民，养育人民。语出《尚书·大禹谟》："德惟善政，政在养民。"

⑨孰能为诗与楚词如与可之婉而清乎：此句赞扬文与可的文才。苏轼称其有四绝：诗一，楚词二，草书三，画四。苏辙《祭文与可学士文》："是生高人，文如西京。雅诗楚词，云溶泉清。"

⑩孰能齐宠辱、忘得丧如与可之安而轻乎：此句赞扬文与可已达庄子齐生死、忘得丧之境界。苏辙《祭文与可学士文》："世在熙宁，士锐而翾。利诱于旁，奔走倾旋。公居其间，澹乎忘言。"

⑪茵席：褥垫，草席。《韩非子·十过》："茵席雕文。"

⑫不朽：永久。《左传·襄公二十四年》："太上有立德，其次有立功，其次有立言，虽久不废，此之谓不朽。"

⑬寿考：长寿。《诗经·大雅·棫朴》："周王寿考，遐不作人。"

⑭无去无来，无亡无存：佛家对生命的认识。《放光般若经》："法无去来，无动转者。"

【译文】

唉！哀痛啊！与可兄你还能喝这杯酒吗？还能写诗弹琴来自娱自乐吗？唉！伤痛啊！我还得忍住悲伤和你说话。哽噎忧伤之情充溢胸中，眼泪横流沾湿衣裳。迅即擦干眼泪，扪心自问，除了你，难道还有谁值得我这样悲恸吗？可哀我失去良朋，道义无法实现。他已经死了，别告诉我说，难道没有其他的朋友？只有我那与可兄啊，总是不紧不慢，从容不迫，召请他不会来，赶他走也不走，刚直不屈，难道能轻易亲近，又能随便疏远吗？唉！悲伤啊！谁能像与可兄那样平和中正地崇尚道德、坚持正义？谁能像与可兄那样仁厚贤明地保养百姓、敦厚民俗？谁能像与可兄那样写出哀婉清韵的古诗楚调？谁能像与可兄那样达到忘怀荣辱、泯灭生死的境界？唉！悲痛啊！我听到他去世的消息，三夜无法入睡，独坐而长叹。在梦里与他相见而惊醒，醒来泪流满面，沾湿坐席。想到人的生命终归会结束，即使活到百岁也会面临死亡。只有留下著作才会不朽，只有身后有子才是不死。即使富贵长寿的人，也不一定能做到有著作有儿子。但是我曾经听与可兄说过，人的一生像浮云，无去无来，无生无死。既然这样，那么所谓的不朽与不死，又有什么值得称道的呢？唉！悲哀啊！

祭亡兄端明文

苏　辙

【题解】

宋徽宗建中靖国元年（1101），苏轼从南方儋州（今海南岛）北返途中，遇上瘴毒，停在常州（今江苏常州），七月二十八日，卒于当地，年六十六岁。苏轼临终时，以不见弟弟苏辙为憾："惟吾子由，自再贬及归，不及一见而诀，此痛难堪。"并留下遗言，要苏辙葬他在嵩山之下，并为他作墓志铭。苏辙这时居住在颍昌（今河南许昌东），得知消息后，哀痛昏倒，停食泣咽者三日，设灵堂以祭，痛哭道："小子忍铭吾兄"，咽泪写下《亡兄子瞻端明墓志铭》，详述苏轼一生，并书《祭亡兄端明文》、《再祭亡兄端明文》，哀诉兄弟之情。次年，苏辙葬兄轼于河南郏县小峨嵋山。苏轼儿子苏迈、苏迨等生活艰难，尽管苏辙亦遭贬官减薪，他还是毫不犹豫卖掉自己部分田产，倾力资助亡兄之子。

苏轼殁后，苏辙杜门于颍水之滨，终日默坐。每睹苏轼遗墨，便唏嘘流泪。《宋史·苏辙传》："辙与兄进退出处，无不相同，患难之中，友爱弥笃。无少怨尤，近古罕见。"苏轼《绝命诗寄子由》："是处青山可埋骨，他时夜雨独伤神。与君世世为兄弟，更结来世未了因。"

端明，古官殿名。端明殿学士的代称。宋仁宗明道二年（1033）改承明殿为端明殿，复设端明殿学士，位在翰林学士下。苏轼曾于元祐七年（1092）任端明殿学士。

维建中靖国元年岁次辛巳九月己未朔初五日癸亥[①]，弟具官辙，谨遣男远[②]，以家馔酒果之奠，致祭于亡兄端明子瞻之灵[③]：

苏轼像

祭亡兄端明文

【注释】

①建中靖国：宋徽宗赵佶年号。元年：1101年。岁次：古代以岁星纪年。是年苏轼六十六岁，苏辙六十三岁。

②远：苏远，又名苏逊，苏辙幼子，跟随苏辙至雷州。

③子瞻：苏轼字子瞻。

【译文】

建中靖国元年九月初五，弟具官苏辙谨派遣子男苏远用家里备办的饭食清酒果品作奠仪，拜祭于亡兄端明学士子瞻的墓前：

呜呼！手足之爱，平生一人①。幼学无师，受业先君②。兄敏我愚，赖以有闻③。寒暑相从，逮壮而分④。涉世多艰，竟奚所为⑤。如鸿风飞，流落四维⑥。渡岭涉海，前后七期⑦。瘴气所烝，飓风所吹⑧。有来中原，人鲜克还⑨。义气外强，道心内全⑩。百折不摧，如有待然⑪。真人龙翔，雷雨浃天⑫。自儋而廉，自廉而永⑬。道路数千，亦未出岭⑭。终止毗陵⑮，有田数顷。逝将归休⑯，筑室凿井。

【注释】

①手足之爱，平生一人：指苏辙一生中只有兄长苏轼一人，别无兄弟。苏洵妻程氏共育六子，仅存苏轼与苏辙。苏轼："嗟余寡兄弟，四海一子由。"手足，指兄弟。《诗经·小雅·棠棣》："凡今之人，莫如兄弟。"

②幼学无师，受业先君：指幼年跟随父亲学习。受业，从师学习。先君，指亡父苏洵。苏洵治平三年（1066）年卒。

③兄敏我愚，赖以有闻：依赖苏轼的帮助才有了见识和知识。自己与亡兄既为手足、又是师友，赞颂亡兄的聪颖，道出怀念敬仰之情。苏辙《子瞻和陶渊明诗引》："辙少而无师，子瞻既冠而学成，先君命辙师焉。"《亡兄子瞻端明墓志铭》："我初从公，赖以有知。扶我则兄，诲我则师。"

④寒暑相从，逮壮而分：回忆幼时相伴的亲密关系。苏辙《遥堂二首并引》："辙幼从子瞻读书，未尝一日相舍。"《武昌九曲亭记》："昔余少年，从子瞻游，有山可登，有水可浮，子瞻未始不寒裳先之。"《再祭亡兄端明文》："游戏图书，寤寐其中，早余二人，要始是终。"

⑤涉世多艰，竟奚所为：慨叹人世历程之艰险不平，转入叙述亡兄被贬岭南长达七年的坎坷经历。

⑥如鸿风飞，流落四维：指兄弟二人如同飞扬的羽毛飘零四方。苏轼《和子由渑池怀旧》："人生到处知何似，恰似飞鸿踏雪泥。泥上偶然留指爪，鸿飞那复计东西。"四维，四方，四隅。

⑦渡岭涉海，前后七期：苏轼于绍圣元年（1094）被贬英州（今广州英德）、再贬惠州（今广东惠州）、又贬琼州（今海南琼山）。元符三年（1100）因大赦北还，初徙廉州（今广西合浦）、后徙永州（今湖南零陵）。其间翻山越岭，渡河涉海，前后七年。《再祭亡兄端明文》："如是七年，雷雨一覃。"岭，岭南。海，琼海。

⑧瘴气所炁，飓风所吹：指亡兄一路备受艰辛。瘴气，指南部地区山间湿热蒸发致病之气。炁，通"蒸"。飓风，海洋上的暴风。

⑨鲜克：很少能够。语出《诗经·大雅·荡》："靡不有初，鲜克

有终。"

⑩义气外强，道心内全：赞颂亡兄刚正凛然的气节和德行。义气，刚正之气。道心，悟道之心。

⑪百折不摧，如有待然：赞美亡兄百折不挠的精神和坚信沉冤必昭的信念。有待，有所等待，指等待召回京城得到重用。

⑫真人龙翔，雷雨浃天：即使雷雨满天，也如仙人般自由

苏轼书法

翱翔。形容亡兄独立不迁的人生态度。真人龙翔，语出《楚辞·九思·哀岁》："随真人兮翱翔。"浃天，满天。

⑬自儋（dān）而廉，自廉而永：指大赦后，由儋州、廉州、永州一路北还。儋，儋州，即今海南儋县。

⑭出岭：走出岭南，进入内地。岭，指岭南或岭外。因在五岭之外之南，故名。相对中原，是蛮荒之地。

⑮终止毗（pí）陵：最后停留在常州。毗陵，古地名，即今江苏常州。

⑯逝将归休：指苏轼打算将在常州退隐。逝将，《诗经》："逝将去汝，归彼乐土。"

【译文】

唉！我所能得到的兄弟之爱，平生就是兄长您一人啊。我们幼年学习没有老师，跟随先父学习知识。兄长您聪慧而我愚笨，依赖兄长您的帮助我才略有所闻。幼时我终年跟随着兄长，等到成年后才与您分离。涉入世途后艰险实多，人间如此不平究竟是为什么？我和您就

像鸿雁一样分飞，漂泊流落四方。兄长您跋山涉水，前后七年。忍受瘴气毒蒸，暴风劲吹。来自中原之人，很少能够生还。而兄长您刚正之气外溢，悟道之心充裕健全。面对挫折，百折不挠，信念坚定，期待重用。风雨满天，您仍然如仙人一样翱翔。您从儋州漂泊到廉州，又从廉州颠沛到永州。走过的道路已有几千里之远，但还是没有走出岭南啊。您最后停留在毗陵，置下几顷田地。修屋打井，准备在此归田休息。

呜呼！天之难忱，命不可期①。秋暑涉江，宿瘴乘之②。上燥下寒，气不能支③。启手无言，时惟我思④。念我伯仲，我处其季⑤。零落尽矣，形影无继⑥。嗟乎不淑，不见而逝⑦！号呼不闻，泣血至地。兄之文章，今世第一⑧。忠言嘉谟，古之遗直⑨。名冠多士，义动蛮貊⑩。流窜虽久，此声不没。遗文粲然，四海所传⑪。《易》、《书》之秘，古所未闻⑫。时无孔子，孰知其贤⑬。以俟圣人，后则当然⑭。丧来自东，病不克迎⑮。卜葬嵩阳，既有治命⑯。三子孝敬，罔留于行⑰。陟冈望之，涕泗雨零⑱。

尚飨。

【注释】

①天之难忱，命不可期：指天命不可理解、预期。意谓苏轼本欲安晚节，可不幸突然降临。天之难忱，语出《诗经·大雅·大明》："天难忱斯。"忱，信，理解。期，预料。

②秋暑涉江，宿瘴乘之：《亡兄子瞻端明墓志铭》："将居许，病暑，暴下，中止于常。"宿瘴，素来患染的瘴气疾病。

③上燥下寒，气不能支：苏轼《与钱济明书》："二十七日上燥下寒，气不能支。"《与维琳书》："岭南万里不能死，而归宿田野，遂有不起之忧。"

④启手无言，时惟我思：指亡兄临终没有遗言，只是思念自己。《亡兄子瞻端明墓志铭》："问以后事，不答，湛然而逝。"苏轼临终

时，以不见弟弟苏辙为憾："惟吾子由，自再贬及归，不及一见而诀，此痛难堪。"启手，善终的代称。语出《论语·泰伯》："曾子有疾，召门弟子曰：'启予足，启予手。'"《晋书·王祥传》："吾年八十有五，启手何恨。"

⑤念我伯仲，我处其季：想到我们兄弟二人，我排行老二。回想"手足之爱，平生一人"，倍觉凄凉。伯仲，兄弟长幼的顺序，即老大、老二。

⑥零落尽矣，形影无继：表达亡兄先殁，自己孤单伶仃的无限怅惘、悲痛。

⑦嗟乎不淑，不见而逝：自责自己德行不善，导致亡兄不见而亡的遗憾与追念之情。

⑧兄之文章，今世第一：称誉亡兄的文学成就和地位。苏辙《题东坡遗墨卷后》："少年喜为文，兄弟俱有名。世人不妄言，知我不如兄。篇章散人间，堕地皆琼英。凛然自一家，岂与余人争。"

⑨忠言嘉谟(mò)，古之遗直：指亡兄言论忠直，谋略卓越，正道直行，有古之风。苏轼《醉白堂记》："忠言嘉谟效于当时，而文采表于后世。"嘉谟，卓越的谋略。遗直，指正道直行，有古之遗风。《左传·昭公十四年》：

元祐党籍碑

"叔向,古之遗直也。"

⑩名冠多士,义动蛮貊(mò):赞扬亡兄在士人和岭南百姓心中的崇高威望。蛮貊,对岭南少数民族的蔑称。

⑪粲(càn)然:明亮灿烂。

⑫《易》、《书》之秘,古所未闻:《苏长公易解》序言云,苏轼临终谓钱济明曰:"某在海外,了得易、书、论语三书,今尽以付子,愿勿以示人。三十年后,会有知者。"因取藏箧,欲开而钥匙失。

⑬时无孔子,孰知其贤:以孔子作比,一语双关,表面意思为《易》、《书》若没有孔子的解读,谁会领会《易》、《书》的内涵。实为表达没有像孔子那样的知者,没有人会了解亡兄的才能。寄寓以亡兄之贤,不得时而遇的憾恨感慨。

⑭以俟圣人,后则当然:等待以后有知者,会认为亡兄著作理当不朽。意谓亡兄会像孔子那样永垂不朽。

⑮丧来自东,病不克迎:苏轼殁于常州,苏辙居河南许昌,常州在许昌东,苏辙患病不能前去迎丧。

⑯卜葬嵩阳,既有治命:以宽慰之情寄托哀思,告慰亡灵。苏轼生前有遗言,《亡兄子瞻端明墓志铭》:"公始病,以书嘱辙曰:'即死,葬我嵩山下,子为我铭。'"嵩阳,嵩山的南面。治命,与"乱命"相对,指人死前神智清醒时的遗嘱。泛指生前遗言。

⑰三子孝敬,罔留于行:苏轼有三子:迈、迨、过,尚有一子苏遁早殇。苏辙也有三子:迟、适、逊。这里指苏辙患病,三子不留在父亲身边,而是代父亲前往常州迎丧。

⑱陟(zhì)冈望之,涕泗雨零:表达不胜悲痛无限愧疚的凄怆之情。陟冈,语出《诗经·周南·卷耳》:"陟彼高冈,我马玄黄。"雨零,眼泪像雨一样落下。《诗经·小雅·小明》:"涕零如雨"。《古诗·迢迢牵牛星》:"终日不成章,涕泣零如雨。"

【译文】

唉!天命高深难以理解,命运莫测不可预料。您在炎热的初秋渡江而归,本来患染的瘴气疾病折磨您的身体。头上太阳炎热,脚下江水寒凉，使您气力难以支撑。您临终时闭口无言，当时挂念的就是我这个弟弟。回想我们兄弟二人，我排行老二。您如今先亡，从此我形单影只。唉！是我德行不善，使兄长不见而亡啊！无论如何哭号，您再也听不见了，真是让我悲伤至极、血泪坠地啊！兄长您的文章，当世推为第一。您忠直言行，有古人的遗风。名声冠盖众士，仁义感动蛮貊。虽然长期迁谪流放，但这声名不会被埋没。您的文章光芒四射，四海之内到处流传。您研究《易经》、《尚书》的奥秘，古来闻所未闻。可惜当代没有孔子那样的人，没人能理解您的贤能。等待有识之士，后世一定会永垂不朽。丧讯从东方传来，我因病不能前往迎丧。已经有您的临终遗命，一定会把您卜葬嵩山之南。三个儿子替我行孝，不留在我身边而前往祭奠迎丧。登上高岗纵目眺望，我的泪水像雨一样地倾泻。

希望您享用祭品！

祭陈同甫文

辛弃疾

【题解】

陈亮（1143—1194），字同甫，号龙川。婺州永康（今浙江永康）人。小辛弃疾三岁，是南宋时期"百折不回，饶有铜肝铁胆"（《陈亮集·姬肇燕序》）的主战派人物。

面对投降派"爱吾民金缯不爱"的论调和朝廷苟且偏安的态度，陈亮一生为抗金复国而奔走呼吁。孝宗乾道五年（1169），二十五岁的陈亮以布衣身分，上《中兴五论》，提出抗金中兴、洗刷国耻的主张；时隔十年，淳熙五年（1178），三十五岁的陈亮再度三次上书，反对和议，力主抗金。后此二百年的方孝孺赞曰："士大夫厌厌无气，有言责者不敢吐一词，况若同甫一布衣乎！"陈亮因此得罪当道，两次被诬下狱，四次应试不第，"行年五十，一介布衣"。终于在五十一岁时考中状元，并被皇帝擢为第一，可惜赴任途中不幸病逝，赍志而殁。宁宗绍熙五年（1194），在福建安抚使任上的辛弃疾听到志同道合的挚友遽亡，抑制不住的痛惜悲慨，千里寄文，表达切骨的哀悼之情。

清代刘熙载《艺概》言："陈同甫与稼轩为友，其人才相若。"辛、陈二人，才相若，志相当，以抗金气节自负，以复国功业自许；豪爽果敢，慷慨磊落，堪称当世之雄。两人于淳熙五年（1178）订交，一生会晤虽仅廖廖数次，然而铅山之游、鹅湖之会，心合志契。陈亮病逝时，闲居二十年的辛弃疾刚刚复职，旋遭弹劾。枉自苦心写就《美芹十论》、万字《九议》，空有收复河山的雄心和壮志，眼看一切努力将化为泡影，辛弃疾不由得愤慨不平。

祭文不仅始终贯注着对挚友壮志未酬身先死的哀叹、痛惜之情，更是随处弥漫着"世无杨意，孰主相如"的不平之气。笔墨所向之处，文随情变，句式随意，议论风生，表现出辛文豪放雄健的一贯风格。

> 呜呼！同甫之才，落笔千言[1]。俊丽雄伟，珠明玉坚[2]。人方窘步，我则沛然[3]。庄周李白，庸敢先鞭[4]！同甫之志，平盖万夫。横渠少日，慷慨是须[5]。拟将十万，登封狼胥[6]。彼臧马辈，殆其庸奴[7]。

【注释】

①同甫之才，落笔千言：赞陈亮之文才。陈亮，字同甫，南宋光宗绍熙五年（1194）卒，年五十二岁。《宋史·陈亮传》："为人才气超迈，喜谈兵，议论风生，下笔数千言立就。"

②俊丽雄伟，珠明玉坚：形容陈亮文采风格。俊丽，苏轼《荐宗室令畤状》："吏事通敏，文采俊丽，志节端亮，议论英发。"辛弃疾赞颂陈亮"风流酷似卧龙诸葛"。

③人方窘步，我则沛然：窘步，步履艰难。比喻才思枯竭。颜延之《和谢监灵运》："弱植慕端操，窘步惧先迷。"沛然，充盛的样子。这里指才华横溢。高适《赠别沈四逸人》："何意闻阊阖间，沛然江海深。"

④庄周李白，庸敢先鞭：陈亮十七岁作《谪仙歌》，赞颂李白"我生恨不与同时，死犹喜得见其诗，岂特文章为其法，凛凛气节安可移。"故此处点李白以比。庸敢，岂敢。语出《吕氏春秋·下贤》："齐桓公曰：'士骜禄爵者，固轻其主；其主骜霸王者，亦轻其士。纵夫子骜禄爵，吾庸敢骜霸王乎？'"先鞭，先行，占先。典出《晋书·刘琨传》："琨少负志气，有纵横才，与祖逖为友。及逖被用，与亲故书曰：'吾枕戈待旦，常恐祖生先吾著鞭。'"

⑤横渠少日，慷慨是须：像张载年青时那样，等待实现慷慨之志的机会。横渠少日，用北宋张载典。张载，号横渠，创立"关学"，"少喜谈兵，至欲结客取洮西之地。"（《宋史·张载传》）陈亮也像张载一样批判理学，反对空谈心性，创立永康学派，主张事功。故此处以张载比之。须，等待，期待。

南宋《中兴四将图》

⑥封狼胥：像霍去病那样建立显赫武功。《汉书·霍去病传》载，霍去病打败匈奴后，"封狼居胥山，禅于姑衍，登临瀚海而还。"封，筑台祭天。狼胥，即狼居胥，今狼山，在内蒙古自治区克什克腾旗西北至阿巴嘎旗一带。

⑦彼臧马辈，殆其庸奴：指陈亮志向宏大，连臧宫、马援这样的名将都等闲视之。臧，指汉光武帝时名将臧宫，有平蜀大功。马，东汉伏波将军马援，曾立下显赫战功。

【译文】

唉！同甫的文才，是下笔千言，一挥而就。文笔潇洒辨丽，雄壮宏伟，像珍珠一般明润，像玉石一般坚实。别人才思枯竭无从下笔时，同甫却才思横溢，文如泉涌。即使是庄子李白，岂敢领先同甫一步！同甫的大志，可谓超越凡人。像张载年青时那样，等待实现慷慨之志的机会。计划率领十万兵马，像霍去病那样建立显赫武功。连臧宫、马援这样的名将都等闲视之。

天于同甫，既丰厥禀①。智略横生，议论风凛②。使之早遇，岂愧衡尹③？行年五十，犹一布衣④。间以才豪，跌宕四出⑤。要其所厌，千人一律⑥。不然少贬，动顾

规检⑦。夫人能之，同甫非短⑧。至今海内，能诵三书⑨。
世无杨意，孰主相如⑩？中更险困，如履冰崖⑪。人皆欲
杀，我独怜才⑫。脱廷尉系，先多士鸣⑬。耿耿未阻，厥
身浸宏⑭。盖至是而世未知同甫者，亦信其为天下之伟
人矣。

【注释】

①厥：其。禀：天赋。

②智略横生，议论风凛：陈亮曾两度上书，论列古今，指陈时弊，
纵横驰骋，铺张扬厉，颇有战国文章之余风。孝宗干道五年（1169），
二十五岁的陈亮以布衣身分，连上五疏，即历史上著名的《中兴五
论》。孝宗淳熙五年（1178），陈亮三十五岁时又连续三次上书，慷慨
陈词，提出治国方略。横生，恣意萌生。

③衡尹：商汤时贤相伊尹，汤称之为"阿衡"，故称"衡尹"。

④行年五十，犹一布衣：陈亮五次科举，四次不第。最后一次，绍
熙四年（1193），陈亮五十一岁，中进士。当年七月，授金书建康军判
官厅公事，赴任途中因长期"忧患困折，精泽内耗，形体外离"（叶适
《陈同甫墓志铭》）而一病不起，于绍熙五年（1194）初病卒。

⑤间以才豪，跌宕四出：指陈亮有时恃才放旷。跌宕，豪放不

拘。《后汉书·孔融传》："又前与白衣祢衡跌荡放言。"《三国志·蜀书·简雍传》："优游风议，性简傲跌宕，在先主坐席，犹箕踞倾倚，威仪不肃，自纵适。"

⑥要其所厌，千人一律：总的来看，陈亮最厌恶的，就是南宋朝廷上下空谈性理，于事无补。

⑦不然少贬，动顾规检：《宋史·陈亮传》载陈亮上三书后，"日落魄醉酒，与邑之狂士饮。醉中戏为大言，言涉犯上。"贬，贬抑，指收敛，约束自己。动顾，言行。规检，循规矩，守法度。《北史·循吏传·袁聿修》："聿修少年平和温润，素流之中，最为规检。"

⑧夫人能之，同甫非短：反语，对比称赞陈亮不屈品节。非短，过失，短处。《三国志·吴书·阚泽传》："性谦恭笃慎，官府小吏，呼召对问，皆为抗礼。人有非短，口未尝及。"

⑨三书：指陈亮在淳熙五年（1178）所上的三封主战奏章，即《上孝宗皇帝第一书》、《上孝宗皇帝第二书》、《上孝宗皇帝第三书》。

⑩世无杨意，孰主相如：感慨陈亮文韬武略，却无人引荐。《史记·司马相如传》记载，杨得意在汉武帝面前引荐同乡司马相如。

⑪中更险困，如履冰崖：比喻陈亮屡遭迫害。陈亮曾两次下狱，备历险困。第一次下狱在淳熙十一年（1184）春，第二次下狱在绍熙元年（1190）八月。

⑫人皆欲杀，我独怜才：同情陈亮的不幸遭遇。语出杜甫《不见》："世人皆欲杀，我意独怜才。"陈亮第二次系狱辛弃疾曾极力营救。《宋史·陈亮传》："辛弃疾、罗点素、高亮才，援之尤力，复得不死。"

⑬脱廷尉系，先多士鸣：指陈亮脱离牢狱之灾后，于绍熙四年（1193）中进士。廷尉，秦刑官名，宋称大理卿。这里代指官府。系，拘囚。多士，众士。

⑭耿耿未阻，厥身浸宏：指陈亮一心忠诚。陈亮《及第谢恩和御赐诗韵》："复仇自是平生志，勿谓儒臣鬓发苍。"《告祖考文》"亲不能报，报君勿替。七十年间，大责有归。非毕大事，心实耻

之。"耿耿，忠诚的样子。文天祥《正气歌》："顾此耿耿在，仰视浮云白。"浸宏，更加宏大。

【译文】

上天已经赋予同甫很多优秀的才能。他的智谋才略恣意萌生，议论国事如烈风凛然，严肃而令人敬畏。假使同甫能早日得到重用，他难道会愧对伊尹吗？可是同甫年过五十，还是一介布衣。有时他恃才放旷，处处豪放不拘。概括说来，他最厌恶的，就是人人空谈性理。如果稍稍有所约束收敛，言行循规守矩，他就不会不得志。可惜别人能做到的，却是同甫短处。到如今，天下仍然传诵着他的三封奏章，世上却再也没有杨得意，谁还能在皇帝面前引荐同甫呢？中年他又经历艰险困苦，如履薄冰陡崖。别人都说他该杀，只有我爱惜他这个人才。摆脱官府的拘禁后，他在众多士人中领先出名。他的忠诚没有被压抑下去，他的声名更加宏大。世上还不理解同甫的人，到这时更会相信同甫是天底下崇高的人了。

呜呼！人才之难①，自古而然。匪难其人，抑难其天②。使乖崖公而不遇，安得征吴入蜀之休绩③？太原决胜，即异时落魄之齐贤④。方同甫之约处⑤，孰不望夫天之人谓握瑜而不宣⑥。今同甫发策大廷⑦，天子亲寘之第一⑧，是不忧其不用；以同甫之才与志，天下之事孰不可为，所不能自为者天靳之年⑨！

【注释】

①人才之难：语出《论语·泰伯》："才难，不其然乎！"

②匪难其人，抑难其天：意谓不是人才难得，而是人才不被重用。抑，乃是。

③使乖崖公而不遇，安得征吴入蜀之休绩：用北宋张咏典。张咏，号乖崖公。宋太宗很信任张咏，曾言："得卿在蜀，朕无西顾之忧。"（《宋史·张咏传》）休绩，美好的业绩。王粲《浮淮赋》："济

元勋于一举，垂休绩于来裔。"

④太原决胜，即异时落魄之齐贤：用北宋张齐贤典。《宋史·张齐贤传》记载，张齐贤布衣时曾向宋太祖上十策；在太原任上，又上书论太原形势，建议把太原建为军事重镇，坐镇指挥千里之外的战局。决胜，形容将帅雄才大略，指挥若定。《史记·留侯世家》："运筹帷帐中，决胜千里外，子房功也。"

⑤约处：贫居，这里指不得志。《论语·里仁》："不仁者不可常处约，不可以常处乐。"

⑥孰不望夫天之人谓握瑜而不宣：指埋怨在上位者压抑人才使不得有所作为。望，埋怨。握瑜而不宣，手里握着美玉却不展示出来，比喻压抑人才使不得任用。握瑜，比喻怀有高贵的美德与才能。屈原《涉江》："怀瑾握瑜兮，穷不知所示。"

⑦发策大廷：指在皇帝亲自主持的殿试中，陈亮应对策问。宋代科举考试以策论为主。科考分为三级：解试（州试）、省试（由礼部举行）和殿试。殿试于皇宫内举行，由皇帝亲自主持并定出名次。且自宋代起，凡于殿试中进士者皆即授官，不需要再经吏部选试。

⑧天子亲寘(zhì)之第一：绍熙四年（1193）陈亮应进士第，光宗擢亮为第一。寘，通"置"。

⑨天靳(jìn)之年：指上天吝惜给陈亮寿命。靳，吝惜。

【译文】

唉！人才难得，自古就是这样。但是所难的还不是没有人才，而是人才不被重用。假使乖崖公张咏没有遇上明主，怎么能有征吴入蜀的美绩？因遇上宋太宗而在太原运筹帷幄的，就是先前落魄潦倒的张齐贤。当同甫穷居不得志时，谁不埋怨当政者是手里握有美玉却不把它展现出来？现在同甫在朝堂上对策，天子亲自擢他为第一，这的确是不用担忧同甫不被任用；而以同甫的才能与志向，天下的事情没有一件做不到，然而不能自己掌握的是上天吝惜的年寿！

闽浙相望，音问未绝①。子胡一病，遽与我诀。呜呼同甫，而止是耶？而今而后，欲与同甫憩鹅湖之清阴②，濯瓢泉而共饮③，长歌相答，极论世事，可复得耶？千里寓词④，知悲之无益，而涕不能已。呜呼同甫，尚或临监之否⑤！

【注释】

①闽浙相望，音问未绝：绍熙三年（1192），辛弃疾赴福建提点刑狱任，后兼摄福建安抚使，时陈亮在浙江，两人仍有书信往来。

②鹅湖：即有名的鹅湖之会。孝宗淳熙九年（1182）到宁宗嘉泰二年（1202），辛弃疾退隐江西上饶带湖。淳熙十五年（1188）冬，陈亮自浙江东阳到江西带湖拜访辛弃疾。他们同住十日，于鹅湖寺畅叙友谊，畅谈恢复大计。鹅湖，即鹅湖山，山麓有鹅湖寺。《铅山县志》："鹅湖山在县东北，周围四十余里。其影入于县南西湖。诸峰联络，若狮象犀猊，最高者峰顶三峰挺秀。《鄱阳记》记载'山上有湖多生荷，故名荷湖'。东晋人龚氏居山蓄鹅，其双鹅育子数百，羽翮成乃去，更名鹅湖。"

③瓢泉：上饶县地名。辛弃疾自绍熙三年（1192）被起用为福建安抚使后，次年再遭弹劾罢官，绍熙五年（1194）又开始第二次长达八年的退隐生涯。上饶带湖居第毁于火后，徙居瓢泉。

④寓词：在文辞中寄寓哀悼之情。

⑤临监：降临观看。

【译文】

我在福建你在浙江，我们两相眺望，音讯与书信不断。为何你病了一场，就突然和我永别。唉！同甫啊！我们的交情竟然到此结束了吗？从今往后，想和你一起在鹅湖的树荫下休憩，舀瓢泉之水同饮，长歌相和，畅谈时事，还可能吗？我在千里之外撰写祭文，寄托哀思，明知悲伤徒劳无补，但眼泪无法抑制。唉！同甫啊！或许你会降临看看吧。

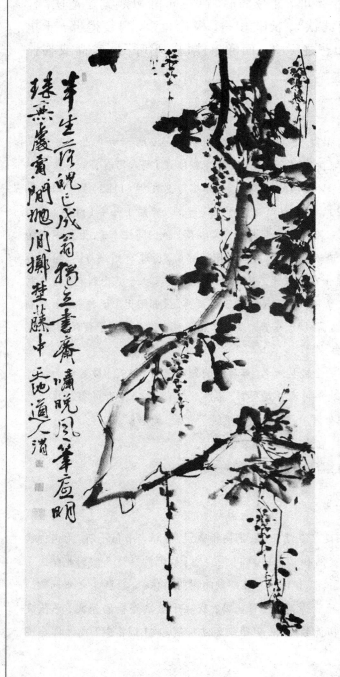

瘗 旅 文

王守仁

【题解】

　　王守仁，明代大儒，提倡心学。成道于贵州，讲学于阳明洞，世号"阳明先生"。正德元年（1506），王阳明因触犯权监刘瑾，被谪为贵州龙场驿丞。正德二年（1507），三十六岁的王阳明躲过一路追杀，带着生命的紧张和焦虑，到达龙场。龙场在万山丛棘之中，"蛇虺魍魉，蛊毒瘴疠，与居夷人鴃舌难语，可通语者，皆中土亡命"，更兼"书卷不可捣"，王阳明困处人生之厄而忧思悲愤。

　　正德三年（1508），身居龙场的王阳明"自计得失荣辱皆能超脱，惟生死一念尚觉未化，乃为石墩，自誓曰：'吾惟俟命而已！'日夜端居澄默，以求静一；久之，胸中洒洒。而从者皆病，自析薪取水作糜饲之；又恐其怀抑郁，则与歌诗；又不悦，复调越曲，杂以诙笑，始能忘其为疾病夷狄患难也。因念：'圣人处此，更有何道？'忽中夜大悟格物致知之旨，寐寐中若有人语之者，不觉呼跃，从者皆惊。始知圣人之道，吾性自足，向之求理于事物者误也。"（明钱德洪《王阳明年谱》）这就是阳明学派甚为推崇的"龙场悟道"，即其门人所谓"先生之学，得之患难幽独中"。王阳明从此心境安然宁静。

　　王阳明提倡"致良知"，所谓"良知"，乃万物一体之仁，是对他人发自内心深处的真诚关注。致良知，则"必有恻然而悲，戚然而痛，愤然而起，沛然若决江河而有所不可御者矣！"（王阳明《答顾东桥书》）写于正德四年（1509）龙场谪贬之际的《瘗旅文》，祭悼客死他乡、又素不相识之人，正是良知情怀的体现。

　　这篇少见的祭陌生人的文章，写得呜咽凄楚、情文并茂。哀吏目客死的凄凉，抒恻然之悲情。缘笔起趣明白透快，激情所致，一气呵成。

　　维正德四年秋月三日^①，有吏目云自京来者^②，不知其名氏。携一子一仆，将之任，过龙场^③，投宿土苗家^④。予从篱落间望见之^⑤，阴雨昏黑，欲就问讯北来事，不果。明早，遣人觇之^⑥，已行矣。薄午^⑦，有人自蜈蚣坡来云^⑧："一老人死坡下，傍两人哭之哀。"予曰："此必吏目死矣。伤哉！"薄暮，复有人来云："坡下死者二人，傍一人坐叹。"询其状，则其子又死矣。明早，复有人来云："见坡下积尸三焉。"则其仆又死矣。呜呼伤哉！

【注释】

　　①正德四年：明武宗朱厚照正德四年（1509）。

　　②吏目：官名，明代于知州下设吏目，掌管出纳文书，或分领州事。

　　③龙场：在今贵州修文。正德二年（1507），王阳明谪至龙场。阳明学派甚为推崇的"龙场悟道"即在此。谪居龙场三年，王阳明在龙场附近的玩易窝里，写成《五经臆说》，"成道于贵州"，是阳明心学的起点。"千古龙冈漫有名"，是王阳明谪贬龙场所写赞颂诸葛亮的诗句。

　　④土苗：贵州当地的苗族。

　　⑤篱落：篱笆。

　　⑥觇（chān）：窥视，察看。

　　⑦薄午：接近中午。

　　⑧蜈蚣坡：在今贵州修文谷堡乡哨上村，距离龙场十公里。现今蜈蚣坡山腰间古驿道西侧，有三人坟。

【译文】

　　正德四年秋天某月三日，有位从北京来到这里的吏目，不知道他姓名，带着一个儿子、一个仆人，准备去赴任，路过龙场，投宿在此地苗民的家里。我从篱笆缝间看见他们，那时正阴雨连绵，天色昏黑，我本想前去向他打听从北方来一路的事情，未能如愿。隔天早晨，派人去探视，他已经走了。近午时刻，有人从蜈蚣坡过来说："有一位老人死于坡下，旁边有两个人哭得很悲哀。"我说："这一定是那个吏目死了。真令人难过啊！"到了黄昏时，又有人来说："坡下死了两个人，旁边有一个人坐在那里哀叹。"我问了问具体的情况，原来是吏目的儿子又死了。第二天早晨，又有人来说："看到坡下堆了三具尸体。"知道是他的仆人也死了。唉，可悲啊！

念其暴骨无主①，将二童子，持畚、锸往瘗之②，二童子有难色然③。予曰："噫！吾与尔犹彼也④！"二童悯然涕下⑤，请往。就其傍山麓为三坎，埋之。又以只鸡、饭三盂⑥，嗟吁涕洟而告之曰⑦：

【注释】

①念其暴（pù）骨无主：想到他们尸骨暴露，无人收殓。写阳明的恻然悲心。念，想，思忖。暴，暴露。

②畚（běn）：用蒲草编织的盛物工具，犹今之簸箕。锸（chā）：挖土的铁锹。瘗（yì）：埋葬。

157

瘗旅文

王守仁五言诗

③有难色然：有畏难的样子。

④吾与尔犹彼也：意谓我和你们的遭遇就与他们三人一样啊！虽为启发童子，实则自伤之辞。

⑤悯然：伤感的样子。

⑥盂：盛食物或浆汤的容器。

⑦涕洟：眼泪和鼻涕。这里指落泪。

【译文】

想到他们的骸骨暴露在荒野，没有人收殓，我领着两个童仆，拿着畚箕、铁锹去埋葬他们。两个童仆脸上流露出为难的神情。我说："唉！我和你们的处境就像他们一样啊！"两个童仆伤感地落下眼泪，请求同去。我就在尸骨旁边的山脚下挖了三个坑穴，埋葬了他们。又供上一只鸡、三碗饭，叹着气流着眼泪祭告他们说：

呜呼伤哉！繄何人①？繄何人？吾龙场驿丞、余姚王守仁也②。吾与尔皆中土之产③，吾不知尔郡邑，尔乌为乎来为兹山之鬼乎④？古者重去其乡⑤，游宦不逾千里。吾以窜逐而来此⑥，宜也。尔亦何辜乎？闻尔官，吏目耳，俸不能五斗⑦，尔率妻子躬耕可有也。乌为乎以五斗而易尔七尺之躯？又不足，而益以尔子与仆乎？呜呼伤哉！尔诚恋兹五斗而来，则宜欣然就道，乌为乎吾昨望见尔容蹙然⑧，盖不胜其忧者？夫冲冒雾露，扳援崖壁，行万峰之顶，饥渴劳顿，筋骨疲惫，而又瘴疠侵其外⑨，忧郁攻其中，其能无死乎？吾固知尔之必死，然不谓若是其速，又不谓尔子尔仆亦遽然奄忽也！皆尔自取，谓之何哉？吾念尔三骨之无依而来瘗耳，乃使吾有无穷之怆也⑩。呜呼痛哉！纵不尔瘗，幽崖之狐成群，阴壑之虺如车轮⑪，亦必能葬尔于腹，不致久暴露尔。尔既已无知，然吾何能为心乎⑫？自吾去父母乡国而来此，三年矣⑬。历瘴毒而苟能自全，以吾未尝一日之戚戚也⑭。今悲伤若此，是吾为尔者重，而自为者轻也。吾不宜复为尔悲矣。吾为尔歌，尔听之！

【注释】

①繄（yī）：是，此。

②驿丞：主管驿站并负责传送公家文书等事务的官员。余姚：浙江余姚，王守仁的家乡。

③中土之产：中原地区出生成长的人。

④乌为：为什么。

⑤重去其乡：不轻易离开家乡。

⑥窜逐：指被贬谪而放逐。

⑦五斗：即五斗米，低级官员的微薄俸禄。

⑧蹙然：愁眉不展的样子。

⑨瘴疠：人因接触到山林间湿热蒸发毒气所生的疾病。

⑩怆：悲伤。

⑪虺（huǐ）：毒蛇。

⑫为心：放心。"为"，通"委"。

⑬三年：从正德二年（1507）贬至龙场到写此文的正德四年（1509），恰三年。

⑭以吾未尝一日之戚戚也：指达观超脱。王阳明诗《泛海》："险夷原不滞心中，何异浮云过太空。"戚戚，内心忧伤的样子。

【译文】

唉，悲伤啊！你是什么人，什么人啊？我是龙场驿丞余姚王守仁呀。我和你都生长在中原地区，我不知你的家乡是何郡何县，你为什么要来这座山上做鬼魂啊？古人不轻易离开家乡，外出做官也不会超过千里之远。我是因为被贬谪才来到这里，是该当如此的。你又有什么罪过而非来不可呢？听说你的官职，不过是一名吏目罢了，俸禄不到五斗，你带领妻儿亲自耕田就可以得到，为何要为区区五斗米粮而

北宋李成《读碑窠石图》

换去自己堂堂七尺之躯？搭上你一人的性命还不够，又要加上你儿子和仆人的性命呢？唉，悲伤啊！你如果真的为求五斗俸禄而来，就应该高高兴兴地上路才对呀，为什么我昨天望见你皱着额头、面有愁容，似乎有承受不住的深重忧虑呢？一路上冒着雾气露水，攀援悬崖峭壁，走过万山峰顶，饥渴劳累，筋骨疲惫，再加上身外瘴气瘟疫的侵袭，心里忧愁抑郁的攻击，怎能不死呢？我本来就认为你这样子必定活不下去的，却想不到死得这么快；更想不到你的儿子、你的仆人也这么快便死去。这些都是你自招的，还有什么好说的呢？我只不过怜念你们三具尸骨无所归依才来掩埋的，想不到竟引起我无穷的感怆。唉！伤痛啊！纵然我不掩埋你们，深崖里成群的狐狸，阴谷中粗如车轮的毒蛇，也一定能把你们吞葬在腹中，不至于让你们的尸骨长久暴露。可是虽然你们已经没有一点知觉，我又怎能安心呢？自从我离开父母之乡来到此地，已经三年了，历尽瘴毒而侥幸存活下来，主要是因为我不曾有一天是忧戚悲痛的啊。今天这样悲伤，是因为想到你们的不幸，而不是为了自己的缘故，我真的不应再为你们悲伤了。我来为你们唱挽歌，你们请听着。

歌曰：连峰际天兮，飞鸟不通①。游子怀乡兮，莫知西东。莫知西东兮，维天则同。异域殊方兮，环海之中^②。达观随遇兮，奚必予宫^③? 魂兮魂兮，无悲以恸^④。

【注释】

①际天：接天，连天。

②异域殊方：指他乡异地。殊方，与中原地区不同。

③达观随遇兮，奚必予宫：指随遇而安，不必一定在自己的家。随遇，即"随寓而安"。《朱子语录》："世间事如浮云流水，不足留情，随所寓而安也。"白居易《种桃杏》："无论海角与天涯，大抵心安即是家。"苏轼《定风波》："试问岭南应不好，却道，此心安处即吾乡。"宫，室。

④恸（tōng）：哀痛。

【译文】

我唱道：连绵的山峰高接云天啊，飞鸟不通。游子怀念家乡啊，不辨西东。不辨西东啊，顶上苍天一般同。纵然相隔甚远啊，总在四海之中。随遇而安啊到处为家，何必守住那旧居一栋? 魂灵啊，魂灵啊，不要悲伤，不要哀痛!

又歌以慰之曰：与尔皆乡土之离兮^①，蛮之人言语不相知兮^②。性命不可期! 吾苟死于兹兮，率尔子仆来从余兮，吾与尔遨以嬉兮。骖紫彪而乘文螭兮^③，登望故乡而嘘唏兮。吾苟获生归兮，尔子尔仆尚尔随兮，无以无侣为悲兮! 道旁之冢累累兮，多中土之流离兮^④，相与呼啸而徘徊兮。餐风饮露，无尔饥兮。朝友麋鹿，暮猿与栖兮。尔安尔居兮，无为厉于兹墟兮^⑤!

【注释】

①乡土之离：远离乡土的人。

②蛮之人言语不相知：《王阳明年谱》："龙场在贵州西北万山

瘗旅文

荆棘中，蛇虺魍魉，蛊毒瘴疬，与居夷人缺舌难语，可通语者，皆中土亡命。"蛮，古代蔑称中原之外的四边之民为东夷西戎北狄南蛮。

③骖（cān）：乘、驾。紫彪：紫色小虎。文螭（chī）：有花纹的蛟龙。

④流离：指漂泊而死的人。

⑤厉：恶鬼。墟：村落。

【译文】

再唱一首歌来安慰你们：我与你都是离乡背井的游子啊，蛮人的语言谁也听不懂。生与死不能预料啊，前程一场空。假使我也死在这地方啊，请你带着儿子和仆人伴随我身旁。我们一起遨游嬉戏，其乐也无穷。驾驭紫色虎啊，乘坐五彩龙，登高望故乡啊，悲泣叹息放声长恸。假使我有幸能生还啊，你的儿子仆人仍与你相随，不要以为无伴侣啊，就悲悲切切常哀痛。道旁累累多枯冢啊，中原的游魂卧其中，与他们一起呼啸，一起散步从容。餐清风，饮甘露啊，莫愁饥饿腹中空。麋鹿朝为友啊，夜与猿猴栖息。安心守分居墓中啊，可不要变成厉鬼村村寨寨乱逞凶！

寒花葬志

归有光

【题解】

　　《寒花葬志》是为悼念夭殇小婢寒花而作。为地位低下的普通侍女写祭文，归有光可谓首开先例。

　　全文凡一百一十二字，以细节勾勒婢女形象，写出庭闱人情，极为凝练，读之使人欲涕。寒花是归有光先妻魏孺人的陪嫁丫鬟，刚到归家时年仅十岁。三件细事，寥寥数语，小女孩天真无邪、稚气未脱的娇憨之态跃然纸上。浓郁诚挚的怀念与惋惜之情，令人唏嘘。

　　然而，一百多字的葬志中，接连三次提到先妻魏孺人。寒花来此生活十年，自己与先妻结婚六年。先妻离世，尚有妻之侍婢相伴聊以慰解悲情，但如今婢女亦去，真是悲从心来。由对亡婢的悼念牵出对亡妻的追思怀念，对逝去的欢愉生活的怀想。名义上虽为纪念婢女，实则字里行间，写下的尽是对亡妻的思念。亡妻亡婢并悼，一明一暗。对寒花的悼念是表，是明；对亡妻悼念是里，是暗。亡妻两笑，未发一语，未投一足，未举一手，于嘴角微动之间，见其温厚善良，风雅韵致。一个娇憨稚气，一个贤良敦厚，两个对自己如此重要的生命，如今不到四年都相继离去，十年生活忽然如烟消逝，真是"无意于感人，而欢愉惨恻之思，溢于言语之外"。

　　联想到屡困科场仕途蹭蹬，联想到恩爱夫妻生死相隔，归有光悲叹的，不仅是婢女之丧，更是对人生多舛的慨叹，真是逝者如斯，生者悲情，无以言尽啊！

　　婢，魏孺人滕也[①]。嘉靖丁酉五月四日死[②]，葬虚丘[③]。事我而不卒[④]，命也夫！

清改琦《竹下仕女图》

【注释】

①魏孺人：归有光的结发妻子魏氏，嘉靖十二年（1533）卒，距此时已四年。孺人，明清七品官的母亲或妻子的封号。媵（yìng）：古代随嫁的男女，这里指随嫁的女子。

②嘉靖丁酉：嘉靖十六年（1537）。

③虚丘：古虚丘邑在今山东境内。这里的"虚丘"似应为"丘虚"，指荒地。

④卒：到头，到底。

【译文】

婢女寒花，是妻子当年的陪嫁侍女。病逝于嘉靖十六年的五月四日，我将她埋葬在土山上。侍奉我却不能够到老，这莫非也是命么？

婢初媵时，年十岁，垂双鬟①，曳深绿布裳②。一日，天寒，爇火煮荸荠熟③，婢削之盈瓯④；余入自外，取食之；婢持去，不与⑤。魏孺人笑之⑥。孺人每令婢倚几旁饭，即饭，目眶冉冉动⑦。孺人又指予以为笑⑧。

①双鬟：环形的发髻。寒花十岁时的发式。事隔多年，作者犹记得当初寒花初来之样貌，足见可爱之深。

②曳深绿布裳：写寒花十岁时的衣着。曳，拖着。幼弱不胜衣，稚态可见。

③爇(ruò)：点燃。荸荠：植物名。多年生草本，生于湿地或沼泽。地下茎呈球形，皮黑而厚，肉白，可供食用。

④瓯(ōu)：盆盂一类的瓦器。

⑤婢持去，不与：寒花不肯给归有光吃荸荠，见其娇态可掬。寒花自小随侍魏孺人，心目中只把孺人当主人，对孺人私心回护，稚气可见。

⑥魏孺人笑之：一笑，笑丈夫而称许丫鬟，孺人温厚风趣的风神皆出。

⑦目眶冉冉动：写寒花的憨态可笑。冉冉，眼珠缓缓转动眼波闪动的样子。

⑧孺人又指予以为笑：二笑，引丈夫共笑丫鬟，写出夫妻相得、主婢无间的闺房情趣。

165

寒
花
葬
志

【译文】

寒花刚来我家时，年仅十岁，头上梳着两只低垂的鬟髻，拖着一件深绿色布裙。一天，天气很冷，家中烧火煮熟了荸荠，寒花将荸荠一个个削好皮盛在小瓦盆中，削了满满一盆。恰好我从外面回来，取过荸荠要吃。她连忙把荸荠端开，不肯给我吃。妻子在一旁笑她的样子。妻子常常让她倚着小桌子吃饭，每到吃饭时，她的眼珠总是忽悠悠地转动着，眼波流闪。妻子指着她的样子给我看，然后又一同欢笑。

回思是时，奄忽便已十年。吁，可悲也已！

【译文】

回想当时的情事，一晃已经过去十年了。唉，真令人悲痛啊！

祭外姑文

归有光

【题解】

归有光善用简洁疏淡的笔墨,描写家人、朋友之间的日常琐事,言近旨远,充满感情,令人有神崩骨摧之感。黄宗羲推崇其为明文第一人。

"外姑"即岳母的别称,语见《尔雅·释亲》:"妻之父为外舅,妻之母为外姑。"据归有光《外舅光禄寺典簿魏公墓志铭》,其岳母顾氏,卒于嘉靖二十五年(1546),年六十二岁。此文写于改葬岳母的嘉靖二十八年(1549),归有光四十三岁,先妻已去世十六年。先妻与他生活六年而病逝,岳父岳母对他一如既往,毫无冷落生疏之处,"婚姻往来,如先妻之存,未尝有间",并始终关心帮助他这个屡困科场、被人嗤笑的女婿。因此,归有光是怀着感恩的真情写就《祭外姑文》,真挚哀悼岳母,并表达家庭不幸的痛苦和哀伤之情。

本文哀祭的是岳母,开篇却从自己的亡妻写起,以亡妻的孝悌、节俭、仁义,来赞颂岳母的德行。"背面敷粉",借宾显主,写法别致。又"每以一二细事见之,使人欲涕"。琐琐细事,入微传神。

归有光少年丧母,两次丧妻,两度儿女夭亡,更兼仕途蹭蹬,真是备尝艰辛困苦。这人生的无奈与悲凉,化为哀而不伤的淡淡笔触,娓娓道来。看似一带而过的闲笔与淡笔,正是归有光散文突出的特点。这种写法,看似容易被人忽略,但只要经过细细的揣摩与体会,就能从这刻意的淡化与压抑之中,感受到作者那深挚沉痛的情感、细腻丰富的心灵。

昔吾亡妻①,能孝于吾父母,友于吾女兄弟②,知夫人之能教也③。粗食之养，未尝不甘，知夫人之俭也；婢仆之御，未尝有疾言厉色，知夫人之仁也。癸巳之岁④，秋冬之交，忽遘危疾⑤，气息掇掇⑥，犹日念母，扶而归宁⑦。疾既大作，又扶以东。沿流二十里，如不能至。十月庚子⑧，将绝之夕，问侍者曰："二鼓矣⑨？"闻户外风淅淅，曰："天寒，风且作，吾母其不能来乎？吾其不能待乎？"呜呼！颠危困顿⑩，临死垂绝之时，母子之情何如也！

清康涛《贤母图》

【注释】

①亡妻：指归有光的结发妻子魏氏（小字阿瑛），为南京光禄寺典簿魏庠的次女，嘉靖七年（1528）嫁到归家，嘉靖十二年（1533）冬十月卒。归有光写此文时，魏氏已去世十六年。

②能孝于吾父母，友于吾女兄弟：归氏家道中落，生活清贫，魏孺人"甘淡薄，亲自操作"，生性贤惠，归有光盛赞她是"闺门内外大小之人，无不得其欢"。友于，兄弟友爱之义。《尚书·君陈》："惟孝友于兄弟。"女兄弟，指归有光的姐妹。

③夫人：指归有光

亡妻的生母顾孺人，即题中所谓"外姑"。

④癸巳之岁：嘉靖十二年（1533），魏氏因病而逝。

⑤遘（gòu）：遭遇。

⑥掇掇（chuò）：掇，同"惙"，呼吸短促的样子。戴名世《袁烈妇传》："至是益羸甚，气息惙惙，日进米数溢。"

⑦归宁：已婚女子回娘家看望父母。《诗经·周南·葛覃》："害澣害否，归宁父母。"

⑧十月庚子：按嘉靖十二年农历十月无"庚子"日，庚子日当为该年农历十一月初二日。

⑨二鼓：即二更，相当于二十一点至二十三点。

⑩颠危困顿：极端的危难困苦。《论语·季氏》："危而不持，颠而不扶"。

【译文】

我已去世的妻子，能孝敬我的父母，和我的姐妹友爱相处，因而知道夫人善于教子。粗茶淡饭的日子，妻子从不觉得不香甜，因而知道夫人平日是如何的节俭；妻子管理家里的奴婢仆人，从来没有过尖刻的言辞和严厉的神色，因而知道夫人是很仁慈的人。嘉靖十二年，秋冬交替的时节，妻子忽然染上了重病，气息十分的短促，仍然每日思念母亲，扶病而回娘家省亲。疾病发作得更厉害了，又扶病而东归。沿途水路仅二十里，似乎都不能到达家中了。农历十一月初二日，将气绝的夜晚，还问服侍的人："二更了吗？"听到窗外风声淅淅作响，说："天气寒冷，又刮起风，我的母亲大概不能来了吧？我大概不能等到了吧？"唉！危难困苦、临死将终之时，还想着母亲，母子之间的情义是多么深厚啊！

甲午、丙申三岁中①，有光应有司之贡②，驰走二京③，提携二孤④，属之外母⑤。夫人抚之，未尝不泣。自是每见之必泣也。

西湖断桥残雪

【注释】

①甲午、丙申三岁：指甲午（嘉靖十三年）到丙申（嘉靖十五年）三年间。嘉靖十三年（1534）秋，归有光赴应试（南京）乡试下第；嘉靖十五年，应选贡赴北京廷试，入南京国子监。

②有司：官吏。古代设官分职，各有专司，故称。

③驰走二京：指入京应举事，归有光曾八上春官而不第。二京，指南京与北京。明代永乐十九年（1421）以后，迁都北京，但南京仍保留一套中央机构。

④二孤：指魏孺人所生一女如兰与一子翩孙，皆夭亡。如兰夭于嘉靖十四年（1535），翩孙夭于嘉靖四十三年（1564）。

⑤属（zhǔ）：托付。外母：即岳母。

【译文】

嘉靖十三年到十五年的三年中，我应官府的荐举，奔走在南京和北京之间。我带领两个丧母的孩子，把他们托付给外祖母。夫人您抚摸着他们，泣不成声。自此以后，每次见面都要哭泣。

呜呼！及今儿女几有成矣，夫人奄忽长逝①。闻讣之日，有光寓松江之上②，相去百里，戴星而往，则就木矣③。悲夫！吾妻当夫人之生，即以遗夫人之悲，而死又无以悲夫人④。夫人五女⑤，抚棺而泣者，独无一人焉。今兹岁辁车将次于墓门⑥。呜呼！死者有知，母子相聚，复已三年也。哀哉！尚享。

【注释】

①奄忽长逝：指突然死亡。奄忽，倏忽，疾速。

②松江：县名，今属上海。

③就木：即入棺，指装殓完毕。

④"吾妻当夫人之生"至"而死又无以悲夫人"：指作为女儿的妻子先逝，而外姑尚在，给外姑留下巨大的哀伤；如今外姑仙逝，亡妻却无以哀悼其母。

⑤夫人五女：据《外舅光禄寺典簿魏公墓志铭》："女五人：适郑若曾、归有光、姚员，孺人出；适顾梦谷、晋骑，他姬出。"

⑥今兹岁辁（qiàn）车将次于墓门：全句言改葬事。今兹岁，今年。辁车，枢车。次，停驻。墓门，墓道上的门。

【译文】

唉！到现在我的儿女几乎长大成人了，夫人却突然去世了。听到讣告的时候，我正寄寓在松江县，两地相距百里，我披星戴月地赶过去，夫人已经去世装殓入棺了。悲伤啊！在夫人活着时，我妻亡故，将丧女的悲痛留给夫人；夫人去世，亡妻却无法来哭祭夫人。夫人有五个女儿，能抚着棺木哭祭的，连一个也没有啊。今年今日枢车停在墓道门，将要安葬了。唉！死去的人如果地下有知的话，母子二人相聚在一起又已经有三年时间了。伤痛啊！请您享用祭品吧！

祭舅氏文

刘大櫆

【题解】

刘大櫆与其舅氏杨稚棠感情深厚亲密，"舅氏于诸甥中犹爱怜櫆"；两人名为甥舅，实同父子。其舅曾向刘大櫆托付身后事："予穷于世，今老，旦暮且死，然未有子息。汝读书能为古文辞，其传于后世无疑，当为我作传，则吾虽无子，犹有子焉。"可见舅氏杨君对其甥大櫆的器重与信任。

本文凡一百二十三字，然而言简意丰，章法精妙，唏嘘之情，感人至深。祭文既伤舅氏之德才兼备却怀才不遇，又叹其后继无子而命运凄凉。引述舅氏生前对自己的期许之语，对照现实"零落无状"的悲凉处境，自伤之情油然而生，慷慨低徊，悲不自已。然而全文戛然而止，收束在感情即将喷薄而出的刹那，文脉沛然有余势，铮铮然有余响，真所谓"文有尽而意无穷"。刘大櫆作为桐城派古文名家，以讲究文法著称，于此文，信然斯言！

维年月日，刘氏甥大櫆①，谨以清酌庶羞之奠，致祭于舅氏杨君稚棠先生之灵②：

呜呼，舅氏！以君之毅然直方长者③，而天乃绝其嗣续④，使茕茕之孤魂⑤，依于月山之址⑥。櫆不孝，未尝学问⑦，然君独顾之而喜⑧，谓"能光刘氏之业者，其在斯人！吾未老耄⑨，庶几犹见之矣⑩。"呜呼！孰知君之忽焉以殁，而不肖之零落无状⑪，今犹如此。尚飨。

【注释】

①刘氏甥大櫆：刘大櫆（1698—1779），字耕南，安徽桐城人。与方苞、姚鼐并称桐城派古文名家。文重神气、音节，讲究文法，有藻采。

②舅氏：母之弟曰舅，亦称舅氏。杨君稚棠：即杨稚棠，名绍爽，工文章，不得志于时，因患痫病于康熙六十年（1721）六月廿七日卒。舅氏卒时，刘大櫆年二十三岁，作《舅氏杨君权厝志》。

③直方：忠直方正。《舅氏杨君权厝志》："舅氏性刚直，于寻常人未尝苟有酬答，与乡人处，虽贵显有不善，即面责不少依阿。"

④绝其嗣续：《舅氏杨君权厝志》："娶邱氏，累生男不育，而舅氏遂无子。"

⑤茕茕：孤独的样子。

⑥月山：地名。《舅氏杨君权厝志》："以君之柩权厝于县城北月山之麓。"

⑦学问：学习和叩问。《周易·乾卦》："君子学以聚之，问以辨之。"

⑧君独顾之而喜：写舅氏对自己的欣赏和殷切期望。

⑨耄（mào）：《礼记·曲礼》："八十九十曰耄。"

⑩庶几：或许。表示希望或推测。

⑪零落无状：衰败而没有功名和成绩。

明沈贞《竹炉山房图》

祭舅氏文

【译文】

某年某月某日，刘氏外甥大櫆，谨用清酒佳肴的祭品，献祭在舅舅杨君稚棠的灵前：

唉，舅舅啊！您有那样坚毅果敢、忠直方正的德行，上天竟然断绝了您的后嗣，使得您孤独无依的魂魄，依栖在月山脚下。大櫆我没有才能，不曾向您学习和叩问，而您却只欣赏我并高兴地说："能够振兴刘家家业的，就在这个人！我还没到太老的年龄，或许还能见到他功成名就的那一天。"唉！谁能知道您突然就去世了呢！而不贤的我仍然飘零没有功名，到今天还是这样。请享用祭品。

祭 妹 文

袁 枚

【题解】

《祭妹文》是我国文学史上哀祭散文的珍品，以独特的艺术风格获得与韩愈《祭十二郎文》、欧阳修《泷冈阡表》"鼎足而三"的评价。

袁枚三妹袁机，字素文。端丽淑贞，幼好读书，是袁枚诸妹中最佼佼者。与高姓子指腹为婚，后高氏子行为放荡，高家曾建议解除婚约，但她深受封建礼教影响，坚持"从一而终"。婚后，高氏子行为愈不检，虐待其妻，又要卖妻抵赌债。素文不得已，逃回娘家，告官终绝关系，年仅四十岁便凄楚离世。袁枚曾作《女弟素文传》叙其平生。

《祭妹文》叙事中寄寓哀痛，行文中饱含真情。全篇以"汝"相呼，昔日同吊蟋蟀与今日独吊亡妹、当年月圆读书与今日月缺人亡，追昔抚今，两相对比，倍觉痛楚。远游粤，素文揂裳悲恸；中进士，素文瞠视而笑。一悲一笑，兄妹情深，凄婉感人。逝者已逝，生者却是何等凄切哀伤啊！"纸灰飞扬，朔风野大，阿兄归矣，犹屡屡回头望汝也。呜呼哀哉！呜呼哀哉！"对妹妹的怀念和挚爱之情表达得可谓淋漓尽致。

《祭妹文》叙悲写情，凄切哀婉，表现了兄妹之间深挚的情感。追忆往事，如影历历，妹妹温厚善良，命运却如此多舛。对亡妹的挚爱、痛惜、哀伤、无可奈何之情统统浓缩在伤心欲绝的悲叹中，具有摧人肝肠的艺术感染力。

乾隆丁亥冬①，葬三妹素文于上元之羊山②，而奠以文曰：

呜呼！汝生于浙而葬于斯③；离吾乡七百里矣。当时虽觭梦幻想④，宁知此为归骨所耶？

【注释】

①乾隆丁亥：乾隆三十二年（1767）。

②葬三妹素文于上元之羊山：素文卒于乾隆二十四年（1759），八年后袁枚为其营葬。上元，清代地名，属江宁府，后并入江宁县（今南京）。羊山，地名，在南京东。

③汝生于浙而葬于斯：浙江杭州是袁枚故乡，故云。写袁枚悲慨素文生时受尽艰难，死后难回故乡。

④觭（jī）梦：做梦。《周礼·春官·大卜》："二月觭梦。"郑玄注："言梦之所得。"这里指怪异的梦。觭，通"奇"，单数。

【译文】

乾隆三十二年冬天，安葬我的三妹素文于上元的羊山上，并作文章来祭奠她：

唉！你生在杭州，却葬在此地（南京），远离我们的故乡七百里了。当初即使会做离奇的梦、曾有虚幻的想象，又怎会料到这里竟是埋葬你骸骨的地方呢？

汝以一念之贞①，遇人仳离②，致孤危托落③。虽命之所存，天实为之，然而累汝至此者，未尝非予之过也④。予幼从先生授经⑤，汝差肩而坐⑥，爱听古人节义事；一日长成，遽躬蹈之⑦。呜呼！使汝不识诗书，或未必艰贞若是⑧。

【注释】

①一念之贞：指袁机坚持与高家成婚事。袁枚《哭素文三妹》诗："少守三从太认真，读书误尽一生春。"但作者记述这些的目的不在责人，而在于表现对亡妹的真挚情感。

②遇人仳（pǐ）离：嫁了不良的丈夫而被遗弃。《诗经·王

宋苏汉臣《秋庭戏婴图 》

风·中谷有蓷》：“有女仳离，条其歗矣。条其歗矣，遇人之不淑矣。”遇人，即遇人不淑，指所嫁不善。仳离，夫妻离散，特指女子被遗弃。

③孤危托落：孤独忧伤。托落，通“拓落”，失意，不得志。

④然而累汝至此者，未尝非予之过也：叹息素文“一念之贞”之不幸，归咎于己的自责内疚之情。累，连累。

⑤授经：讲授经书。韩愈《进士策问》之十二：“由汉氏已来，师道日微，然犹时有授经传业者。”这里指读书学习。

⑥差（cī）肩：并肩。

⑦遽：竟然。躬蹈：亲身实践。

⑧使汝不识诗书，或未必艰贞若是：若不是自己幼时容妹陪读诗书，使其学习古人节义之事且践履之，她也不一定这样苦守贞节，遭遇不幸。袁枚认为妹妹的死和自己也有关系，因而有深深的自责。艰贞，处境艰危而守正不移。这里指苦守贞节。

【译文】

你因为坚守从一而终的贞节观念，遇人不淑，遭人离弃，以致孤独忧伤，困苦失意。虽然这是命中注定，是上天的实际安排，然而连累你到这样的地步，也未尝不是我的过错啊。我小时候听先生讲授经书，你同我并肩坐在一起，爱听那些古人的节义故事；一旦长大成人，就亲自付诸实践。唉！假使你不懂得诗书，也许未必会像这样苦守贞节啊。

余捉蟋蟀，汝奋臂出其间①；岁寒虫僵，同临其穴②。今予殓汝葬汝③，而当日之情形，憬然赴目④。予九岁憩书斋⑤，汝梳双髻，披单缣来⑥，温《缁衣》一章⑦。适先生㽗入户⑧，闻两童子音琅琅然，不觉莞尔，连呼则则⑨。此七月望日事也。汝在九原⑩，当分明记之。予弱冠粤行，汝掎裳悲恸⑪。逾三年，予披宫锦还家⑫，汝从东厢扶案出⑬，一家睔视而笑⑭；不记语从何起，大概说长安登科⑮，函使报信迟早云尔。凡此琐琐，虽为陈迹，然我一日未死，则一日不能忘。旧事填膺，思之凄梗⑯，如影历历，逼取便逝⑰。悔当时不将婴婗情状⑱，罗缕纪存⑲。然而汝已不在人间，则虽年光倒流，儿时可再，而亦无与为证印者矣。

【注释】

①奋臂：捋起袖子挥动双臂。

②同临（lìn）其穴：同到埋葬蟋蟀的地方凭吊。临，哭吊。

③殓（liàn）：给死人穿衣服装入棺中。

④憬（jǐng）然赴目：清楚地呈现在眼前。昔日同吊蟋蟀与今日独吊亡妹，不胜追昔抚今的悲痛与哀悼。憬然，醒悟的样子，引申为清清楚楚。

⑤憩（qì）：休息。

⑥汝梳双髻，披单缣（jiān）来：回忆捉蟋蟀，诵诗书，素文的天

真烂漫、活泼可爱，宛然在目；描绘愈真，忆念愈深，惋惜与无奈之情愈切。单缣，细绢做的单上衣。

⑦《缁衣》：《诗经·郑风》中的一篇。

⑧乍（zhà）入户：开门进屋。

⑨则则：通"啧啧"，赞叹的声音。

⑩九原：犹九泉，墓地。春秋时晋国卿大夫的墓地在九原（今山西新绛北），后称墓地为九原。

⑪予弱冠粤行，汝掎（jǐ）裳悲恸：指因兄长远行而依恋不舍。乾隆元年（1736），袁枚二十一岁，自钱塘经广东至广西。当时，其叔公袁鸿为广西巡抚金鉷幕宾，金鉷很赏识袁枚的文才，荐举他到北京参加博学鸿辞科考试。弱冠，古时男子二十岁成年，行加冠礼。掎裳，拉着衣服。

⑫予披宫锦还家：乾隆三年（1738）袁枚中进士，授翰林院庶吉士，还家省亲。披宫锦，身穿用宫中特制的锦缎所做的袍服。唐朝进士及第披宫袍，后称中进士为"披宫锦"。

⑬东厢：东边的房子。边房称厢房。

⑭瞠（chēng）视：瞪着眼睛看。"掎裳悲恸"与"瞠视而笑"，一悲一喜，兄妹情深，倍觉痛楚。

⑮登科，指科举时代应考被录取，特指考中进士，也称"登第"。

⑯凄梗：悲痛得心胸堵塞。梗，阻塞。

⑰逼取便逝：想靠近捕捉而它就消失了。

⑱婴婗（yī ní）：婴儿。《释名·释长幼》："人始生曰婴儿，……或曰婴婗。"这里指儿时。

⑲罗缕纪存：详尽细致、有条有理地记录下来。

【译文】

儿时我捉蟋蟀，你紧跟我捋袖伸臂，抢着捕捉；寒冬蟋蟀死了，你又同我一起挖穴埋葬它们，伤心凭吊。今天我装殓你安葬你，而当年的种种情景，却一一清晰地呈现在眼前。我九岁时，在书房里休息，你梳着两个发髻，披了一件细绢单衣进来，一起温读《诗经》中的《缁衣》一章。刚好老师开门进来，听到两个孩子琅琅的读书声，不禁微笑起来，连声啧啧称赞。这是七月十五日的事情。你在九泉之下，一定还清楚地记得。我二十岁去广东，你牵住我的衣裳，悲伤痛哭。过了三年，我考中进士，衣锦还乡，你从东厢房扶着长桌出来，一家人瞪着眼相视而笑；记不得当时话题从何说起，大概是说了些在京城考进士的经过以及报信人报信迟早的情况，如此等等。所有这些琐碎的事情，虽然已经成为过去，但只要我一天不死，就一天也不能忘却。往事堆积在我的胸中，想起来，心头悲切得像被堵塞住似的，它们像影子一样似乎非常清晰，但真要靠近它抓住它，却又不见了。我后悔当时没有把这些儿时的情状，一条一条详细地记录下来。然而你已不在人间了，那么即使年光可以倒流回去，儿童时代可以重新来过，也没有人来为它们对照证实的了。

　　汝之义绝高氏而归也①，堂上阿奶②，仗汝扶持；家中文墨③，眄汝办治④。尝谓女流中最少明经义、谙雅故者⑤；汝嫂非不婉嫕⑥，而于此微缺然⑦。故自汝归后，虽为汝悲，实为予喜⑧。予又长汝四岁，或人间长者先亡，可将身后托汝；而不谓汝之先予以去也。前年予病，汝终宵刺探⑨，减一分则喜，增一分则忧。后虽小差⑩，犹尚殗碟⑪，无所娱遣；汝来床前，为说稗官野史可喜可愕之事，聊资一欢⑫。呜呼！今而后，吾将再病，教从何处呼汝耶？

【注释】

①义绝高氏：与高氏情谊断绝，指离婚。

②阿奶：指袁枚的母亲章氏。下文"汝嫂"，指袁枚的妻子王氏。"阿爷"，指袁枚的父亲袁滨，早已去世。"阿兄"，指袁枚自己。这些称呼都是用向三妹素文说话的口气。

③文墨：指文字往来的事务。

④眄（shùn）：目示。这里谓指望。

⑤明经义，谙(ān)雅故：明晓经书义理，熟悉文字音义。谙，熟悉。雅故，正确的解释。

⑥婉嫕(yì)：柔顺和静。

⑦微缺然：稍有点欠缺。

⑧虽为汝悲，实为予喜：悲汝遇人仳离，喜予侍亲、办治家务有人。

⑨刺探：询问情况。

⑩小差(chāi)：病情稍愈。差，同"瘥"。《方言》："差，愈也。"

⑪殗殜(yè dié)：病情不十分重。《方言》："秦晋之间，凡病而不甚曰殗殜。"

⑫聊资：姑且拿来。

【译文】

你与高氏断绝关系回到娘家后，堂上老母，依仗你照料扶持；家中文书事务，指望你来整治办理。曾经以为女子中很少有明晓经书义理、熟悉文字音义的人；你嫂嫂并非不够柔顺和静，但在这方面稍有不足。所以自从你回家后，虽然我为你悲伤，其实又替我自己高兴。我比你大四岁，假若按人世间年长的先死亡的常例，我就可以将身后之事托付给你，却不料你比我先离开了人世啊！前年我患病时，你整夜探问，病情减一分就高兴，加重一分就担忧。后来虽然我的病情稍有好转，但仍半卧半起，感到没有什么娱乐消遣；你来到床前，替我讲小说野史上的使人高兴和惊奇的故事，给我带来一些欢乐。唉！自今以后，我如果再有病痛，教我从哪里去呼唤你呢？

汝之疾也，予信医言无害①，远吊扬州②；汝又虑戚吾心③，阻人走报；及至绵惙已极④，阿奶问望兄归否？强应曰："诺"。已予先一日梦汝来诀，心知不祥，飞舟渡江，果予以未时还家⑤，而汝已辰时气绝⑥；四肢犹温，一目未瞑，盖犹忍死待予也⑦。呜呼痛哉！早知诀汝,则予岂肯远游?即游,亦尚有几许心中言要汝知闻、共汝筹画也。而今已矣!除吾死外,当无见期。吾又不知何日死,可以见汝;而死后之有知无知,与得见不得见,又卒难明也。然则抱此无涯之憾,天乎人乎!而竟已乎[8]!

【注释】

①无害:没有生命危险。

②吊:探访古迹。

③虑戚吾心:怕让我担心。

④绵惙(chuò):病情危急,气息微弱。

⑤未时:下午一时到三时。

⑥辰时:上午七时至九时。

⑦忍死待予:坚持不死来等待。兄妹情深,至死不渝。

⑧而竟已乎:就这样完了吗?表达呼天抢地、撕肝裂胆般的哀思。

【译文】

你患病时,我相信医师的话以为不要紧,所以才远游去扬州。你又怕我心中忧虑,不让别人来给我报信;直到病已垂危时,母亲问你:"盼望哥哥回来吗?"你才勉强答应说:"好。"就在你死前一日,我已梦见你来诀别,心知这是不吉祥的,急忙飞舟渡江赶回家。果然,我于未时到家,而你在辰时已经气绝。四肢尚有余温,一只眼睛还未闭紧,大概你还在忍受着临死的痛苦等待我回来吧。唉,痛心啊!早知要和你永别,那么我怎么肯离家远游呢?即使出外,也还有多少心里话要让你听到、了解,有多少事要同你一起商量安排啊!可是现在一切都完了!除非我死,否则就没有相见的日期。可我又不知哪一天死,才可以见到你;而死后有没有知觉,能不能和你相见,也终究难以明白。这样说来,那么我将终身抱着这无穷的遗恨,是天意呢,还是人事呢,竟然就这样完了吗!

汝之诗，吾已付梓①；汝之女，吾已代嫁②；汝之生平，吾已作传③；惟汝之窀穸④，尚未谋耳。先茔在杭，江广河深，势难归葬⑤，故请母命而宁汝于斯⑥，便祭扫也。其傍，葬汝女阿印；其下两冢，一为阿爷侍者朱氏⑦，一为阿兄侍者陶氏。羊山旷渺⑧，南望原隰⑨，西望栖霞⑩，风雨晨昏，羁魂有伴⑪，当不孤寂。所怜者，吾自戊寅年读汝哭侄诗后⑫，至今无男；两女牙牙⑬，生汝死后，才周晬耳⑭。予虽亲在未敢言老⑮，而齿危发秃，暗里自知，知在人间，尚复几日！阿品远官河南⑯，亦无子女，九族无可继者⑰。汝死我葬，我死谁埋⑱？汝倘有灵，可能告我？

【注释】

　　①汝之诗，吾已付梓：袁机诗附在作者《小仓山房诗文集》卷后。付梓，指书稿付印。梓，梓木，古代刻字印刷的木版。

　　②汝之女，吾已代嫁：素文有二女，一名阿印，哑巴，早死；一由袁枚代嫁。此言告慰亡妹的在天之灵。

　　③汝之生平，吾已作传：袁枚作《女弟素文传》，叙其生平。

　　④窀穸（zhūn xī）：墓穴。

　　⑤先茔（yíng）在杭，江广河深，势难归葬：袁家祖墓在杭州，由南京到杭州，乘船要先经长江，后经运河，运输不便，所以这样说。先茔，祖先的坟地。

　　⑥宁：安葬。

　　⑦侍者：侍妾。

　　⑧旷渺：空旷辽阔。

　　⑨原隰（xí）：此处指原野平坦之地。

　　⑩栖霞：山名，在南京东北。

　　⑪羁魂：寄居他乡的魂灵。羁，寄居在外。

　　⑫吾自戊寅年读汝哭侄诗后：乾隆二十三年（1758）袁枚丧子，素文有《哭侄诗》。袁枚写作本文时，尚无子，两年后其妾钟氏生一

男，名阿迟。

⑬两女：袁枚侍妾钟氏所生之孪生女。牙牙：婴儿学话声。

⑭周晬（zuì）：周岁。孟元老《东京梦华录·育子》："生子百日，置会，谓之百晬；至来岁生日，谓之周晬。"

⑮予虽亲在未敢言老：父母尚在，自己不敢称老。时年袁枚五十一岁，老母尚在。

⑯阿品：袁枚堂弟袁树的小名，时任河南正阳县令。

⑰九族无可继者：幼子早殇，香火无人可继，袁门衰落之感溢于言表。袁树后来生子名阿道，此时亦无子。九族，古代指本身及以上父、祖、曾祖、高祖，以下子、孙、曾孙、玄孙为九族。一说父族四、母族三、妻族二为九族。这里泛指内外亲属。

⑱汝死我葬，我死谁埋：古礼，家祭由嫡长子主持。表达无可奈何的伤痛，语意悲凉。陶渊明《祭程氏妹文》："茕茕游魂，谁主谁祀"。

【译文】

你的诗稿，我已经付印；你的女儿，我已替你嫁了出去；你的生

随园图

平，我已经写了传记；只有你的墓穴，还没有安排好。我家祖先的坟墓在杭州，但是江广河深，势难将你归葬到祖坟，所以请示母亲的意见而把你安葬在这里，以便于祭奠扫墓。在你的墓旁，葬着你的女儿阿印；下首两座坟墓，一座是阿爷的侍妾朱氏，一座是阿兄的侍妾陶氏。羊山空旷辽阔，朝南是一片宽广的平地，朝西可望见栖霞山；风风雨雨，清晨黄昏，你这个羁留在异乡的精魂有了伴侣，应当不会孤单寂寞。可怜的是，我自从戊寅年读你写的哭侄诗后，至今没有儿子；两个牙牙学语的女儿，在你死后出生，不过刚刚周岁。我虽因母亲健在不敢说自己年老，但是牙齿动摇，头发已秃，自己心里知道，在这人世间尚能活几天！阿品弟远在河南为官，也没有子女，我家九族之内没有可以继承的人。你死有我安葬，我死后由谁来埋葬呢？你如果死后有灵的话，能不能告诉我？

呜呼！身前既不可想，身后又不可知；哭汝既不闻汝言，奠汝又不见汝食。纸灰飞扬，朔风野大，阿兄归矣，犹屡屡回头望汝也①。呜呼哀哉！呜呼哀哉！

【注释】

① "纸灰飞扬"至"犹屡屡回头望汝也"：写葬毕怅然迷惘、不忍离去的罔极之痛。潘岳《金鹿哀辞》："捐子中野，遵我归路。将反如疑，回首长顾。"

【译文】

唉！你身前的事既不堪想，你身后的事又不可知，哭你听不到你回话，祭你又看不到你来享食。空中纸钱灰烬飞扬，旷野里北风猛烈，我回去了，但又连连回过头来看你。唉！悲痛啊！真悲痛啊！

哀盐船文

汪 中

【题解】

乾隆三十五年（1770）十二月十九日，江苏扬州仪征长江江面上盐船失火，焚毁盐船一百三十余只，烧死和溺死一千四百余人。当时正在扬州探亲的作者亲眼目睹了这场惨不忍睹的悲剧，以极其沉痛的心情写了这篇哀悼性骈文。名为"哀盐船"，实际上是痛悼遇难的船民。古代的祭文大多祭悼某一个人，或某件事，像本文这样哀悼千余船民、反映重大社会事件的祭文实属罕见。

这篇祭文也是我国文学史上少见的集中描写火灾景象和惨状的文章。文中浓墨重彩地描写了失火时的环境、氛围、船民垂死挣扎及死后形骸枯焦的各种凄惨景象，真实地再现了当时火焰冲天、烟雾弥漫、群声嘶号、焦尸浮江的悲惨情状，如同展开一幅长卷，色彩斑斓，色调阴冷，场面阴森，感情哀痛，读之令人触目惊心。对无辜罹难者的悲哀和怜悯之情，深沉低回，再三悲慨。对冥冥之中莫测命运也有惶惑和恐惧。

汪中，字容甫，江都（今扬州）人，清代骈文代表作家。其骈文特出于当世，所谓"钩贯经史，熔铸汉唐，闳丽渊雅，卓然自成一家"（刘台拱《遗诗题辞》）。本文笔法灵活，气脉贯通，一洗传统骈文板重、粘滞之弊；又骈散兼行，挥洒自如，似信笔写成，语言典雅而不失自然，工整而不失生动，时著名学者杭世骏评之为"惊心动魄，一字千金"，的确堪称唐以来少见的骈文名篇。

乾隆三十五年十二月乙卯①，仪征盐船火②，坏船百有三十，焚及溺死者千有四百。是时盐纲皆直达③，东自泰州④，西极于汉阳⑤，转运半天下焉。惟仪征绾其口⑥，列

宋张择端《清明上河图》（局部）

墙蔽空，束江而立⑦，望之隐若城郭。一夕并命⑧，郁为枯腊⑨，烈烈厄运，可不悲邪！

【注释】

①乾隆三十五年十二月乙卯：清高宗乾隆三十五年（1770）。《（嘉庆）扬州府志》作"乾隆三十六年十月"，《（道光）仪征县志》记为"乾隆三十六年十二月十九日"，记年异。乙卯，即农历十九日。时汪中二十七岁。

②仪征：今江苏仪征。清属扬州府，在扬州西南。扬州是当时全国盐业中心，运盐船只多集中扬州，仪征作为长江下游重要河运转运码头，也停泊很多盐船。

③盐纲：明清盐业实行统销，由列名纲册的盐商赴盐场运销。这里指盐纲运盐船。

④泰州：盐产地，清属扬州府。

⑤汉阳：今武汉汉阳区。

⑥绾（wǎn）其口：控扼盐运之通道。比喻处于中枢地位。绾，钩联，绾结。

⑦列樯蔽空，束江而立：二句形容仪征盐船极多。船上的桅杆排列，遮蔽天空，聚集矗立在江面上。束，聚集。

⑧并命：同时丧命。

⑨郁（yù）为枯腊（xī）：烤成干肉。郁，通"燠"，烤。枯腊，干肉。《汉书·杨王孙传》："其尸块然独处，欲化不得，郁为枯腊。"

【译文】

乾隆三十五年十二月乙卯日，仪征县境江面上的盐船发生了火灾，焚毁船只一百三十艘，烧死和淹死了一千四百多人。当时，成批转运出去的盐纲、茶纲、花石纲等都中途不停靠，直接抵达，由东始自泰州，向西直达汉阳，几乎遍及半个中国。而仪征正是联结东西两端盐运的水路要口，排列着的樯桅遮蔽了天空，聚集在江面上矗立着，看上去隐隐约约宛若城郭。但却在一个晚上同归于尽，人的尸体被烈火烤炙成焦枯的干肉。平白遭受如此剧烈的火灾，怎能不悲痛呢？

于时玄冥告成①，万物休息，穷阴涸凝②，寒威凛栗，黑眚拔来③，阳光西匿。群饱方嬉，歌咢宴食④，死气交缠，视面惟墨⑤。夜漏始下⑥，惊飙勃发⑦，万窍怒号⑧，地脉荡决⑨，大声发于空廓，而水波山立。于斯时也，有火作焉。摩木自生⑩，星星如血⑪。炎光一灼，百舫尽赤。青烟睒睒⑫，熛若沃雪⑬。蒸云气以为霞，炙阴崖而焦爇⑭。始连楫以下碇⑮，乃焚如以俱没⑯。跳踉火中，明见毛发。痛暜田田⑰，狂呼气竭。转侧张皇⑱，生涂未绝⑲。倏阳焰之腾高⑳，鼓腥风而一映㉑。洎埃雾之重开㉒，遂声销而形灭㉓。齐千命于一瞬，指人世以长诀。发冤气之焄蒿㉔，合游氛而障日㉕。行当午而迷方㉖，扬沙砾之嫖疾㉗。衣缯败絮㉘，墨查炭屑㉙，浮江而下，至于海不绝。

【注释】

①玄冥告成：此句谓冬天将尽。玄冥，主冬令之神。《礼记·月令》：“冬季之月，其神玄冥。”告成，完成使命。

②阴涸凝：指阴气极盛，几至凝结。李华《吊古战场文》：“至若穷阴凝闭，凛冽海隅，积雪没胫，坚冰在后。”穷阴，指极其阴沉之气。涸，凝结。

③黑眚（shěng）拔来：黑气突然而来。黑眚，古代谓五行中由水气而生的灾祸。五行中水为黑色，故称。拔，猝然。

④歌咢（è）：犹歌呼。《诗经·大雅·行苇》：“或歌或咢。”高亨《诗经今注》：“唱而有曲调为歌，唱而无曲调为咢。”

⑤视面惟墨：脸上呈现晦气之色。墨，黑气。《左传·哀公十三年》：“肉食者无墨，今吴王有墨，国胜乎？太子死乎？”

⑥夜漏始下：黑夜刚来。夜漏，因古代用铜壶滴漏计时，故云。

⑦飙（biāo）：暴风。勃发：突然发作。

⑧万窍怒号：形容暴风大作，地上千穴万孔都发出吼叫声。《庄子·齐物论》：“是惟无作，作则万窍怒号。”

⑨地脉：指地上的河流。水行地中，如人之经脉，故云。这里指长江。荡决：震荡涌溢。

⑩摩木自生：木头相互摩擦而生火。这里指起火原因不明。《庄子·外物篇》："木与木相摩则然（燃）。"

⑪星星如血：形容火初起时星星点点像滴血，显明刺目。

⑫睒睒（shǎn）：光焰闪烁的样子。

⑬熛（biāo）若沃雪：火焰迸飞入水，如同沸水浇雪一样。此句与上句极言火势之速。熛，迸飞的火焰。沃雪，浇雪。枚乘《七发》："如汤沃雪。"

⑭蒸云气以为霞，炙阴崖而焦爇（ruò）：二句极言火势之凶猛。阴崖，阴湿的水崖。爇，烧灼。

⑮始连楫以下碇：原先是把船连在一起停泊的。楫，船桨，代指船。下碇，犹抛锚。碇，停泊时为稳定船身用的石墩。

⑯焚如以俱没：一起焚烧而沉没。如，语助词。

⑰暜（bó）：因剧痛而呼叫。《汉书·东方朔传》："郭舍人榜不胜痛，呼暜。"田田：哀哭声。《礼记·问丧》："妇人不宜袒，故发胸击心爵踊，殷殷田田，如坏墙然，悲哀痛疾之至也。"

⑱转侧张皇：指被烧得来回打滚，惊惶失措。张皇，慌张，惊慌。

⑲生涂：生路。

⑳倏（shū）：迅疾。阳焰：明亮的火焰。

㉑鼓腥风而一咦（xuè）：腥风吹过，发出一种轻微的声音。咦，轻微的气流声。《庄子·则阳》："吹剑首者，咦而已矣。"司马彪注："咦，咦然如风过。"

㉒洎（jì）：及，到。

㉓声销而形灭：火灭后，人不但没有喊声，形体也消失了。

㉔发冤气之焄蒿（xūn hāo）：指被烧死的人的冤气散发。焄蒿，指气蒸发而上。《礼记·祭义》："众生必死，死必归土，……其气发扬于上为昭明，焄蒿凄怆，此百物之精也。"注："焄谓香臭也；蒿谓气蒸出貌也。"

㉕游氛：游荡于空中的凶气。氛，凶气。

㉖当午：正午。方：方向。

㉗嫖（piāo）疾：迅猛的样子。嫖，轻捷。疾，快。

㉘衣缯（zēng）败絮：指衣服的碎片。缯，丝织品的总称。

㉙墨查（zhā）：烧焦的木头。查，同"楂"。

【译文】

　　当时，季节接近冬末，万物都停止生长，极其阴沉的天气像要凝结起来一样，严寒的威力使人颤抖。黑色云雾疾速卷来，西下的阳光被严严遮匿。船民吃过饭正在嬉戏娱乐，坐席上又歌又唱，仿佛死气纠缠住他们，看上去满脸晦气。黑夜刚刚来临，狂风突起，万千孔穴呼啸，江水震荡，堤岸决口。剧烈的声响发自于空旷，水面波涛汹涌，浪峰矗立如山。正在这时，船上有火燃烧起来。可能是木与木相互摩擦而起火的吧，火初起时只见星星点点如同滴滴鲜血。后来火光一燃起来，所有的船都烧得成了红色。浓黑的光焰闪烁，迸飞出的火焰燃烧船只，如沸水浇雪，火势蔓延十分迅速。云气被烈火蒸烤得如同红霞，阴湿的水崖也被炙烤得发焦。原先连在一起抛锚停泊的船只，如今都被烧毁而沉没。船民在烈火中奔跑跳窜，火焰映照出他们的头发。痛楚万分大声呼叫，狂呼乱叫以至声嘶力竭。船民们被烧得来回打滚，惊惶失措，拼命挣扎寻求生路。忽然明亮的火焰腾空而起，一阵腥风吹过，传来烧灼的声音。等到烟灰浓雾消散，竟然声音消逝，躯体毁灭。成千的人在一瞬间丧失性命，眼看人世而与世长辞。他们喷发出一股冤气，上浮蒸腾，与那游荡的凶气汇合而遮天蔽日。直到第二天中午，那冤气弥漫如同迷失方向，大风吹扬，飞沙走石。烧焦的破衣、败絮、焦木、炭屑，顺着江水漂浮，一直流到大海也没断绝。

　　亦有没者善游，操舟若神，死丧之威，从井有仁①，旋入雷渊②，并为波臣③。又或择音无门④，投身急濑⑤，知蹈水之必濡⑥，犹入险而思济⑦。挟惊浪以雷奔，势若陟而终坠⑧；逃灼烂之须臾，乃同归乎死地。积哀怨于灵台⑨，乘精爽而为厉⑩。出寒流以浃辰⑪，目眈眈而犹视⑫。知天属之来抚⑬，懋流血以盈眦⑭，诉强死之悲心⑮，口不言而以意⑯。若其焚剥支离⑰，漫漶莫别⑱，圜者如圈⑲，破者如玦⑳。积埃填窍㉑，捆指失节㉒。嗟狸首之残形㉓，聚谁何而同穴㉔。收然灰之一抔㉕，辨焚余之白骨。呜呼哀哉！

【注释】

①死丧之威，从井有仁：指在死亡的威胁下，那些能潜水的人甘冒生命危险去救援别人。死丧之威，死丧的恐怖。语出《诗经·小雅·常棣》："死丧之威，兄弟孔怀。"从井有仁，下井救人。此指涉险救人。语出《论语·雍也》："仁者虽告之曰：井有仁焉，其从之也？"

②旋（xuàn）入雷渊：指被卷入深渊。语出《楚辞·招魂》："旋入雷渊，靡散而不可止些。"旋入，卷入。雷渊，深渊，水底。

③波臣：犹言水族，指淹死者成为水中之鬼。语出《庄子·外物》："鲋鱼曰：'我东海之波臣也，君岂有升斗之水活我乎？'"

④择音无门：找不到避火的地方。音，通"荫"，遮蔽，可以躲避的地方。《左传·文公十七年》："鹿死不择音。"

⑤急濑（lài）：湍急的水流。

⑥蹈水：投水。濡（rú）：沾湿，这里指淹没。

⑦思济：希望得到援救。

⑧隮（jī）：上升。

⑨灵台：指内心。《庄子·庚桑楚》："不可内于灵台。"

⑩乘：依恃。精爽：魂魄。为厉：作祟。厉，恶鬼。《左传·昭公七年》："是以有精爽至于神明。匹夫匹妇强死，其魂魄犹能冯依于人，以为淫厉。"

⑪出寒流以浃（jiā）辰：指遇难者的尸体十二天后从冰冷的江水中漂浮上来。浃辰，古代以干支纪日，自子至亥一周为十二天，称之为浃辰。

⑫目睊睊（juàn）而犹视：指死者死不瞑目。睊睊，侧目相视的样子。

⑬天属：即天性之亲，指父子、兄弟、姐妹等有血缘关系的至亲。抚：抚慰，悼念。

⑭憖（yìn）流血以盈眦（zì）：指死者眼眶流血。据说人暴死后，亲人临尸，尸体会眼、鼻出血，以示泣诉。憖，伤痛。眦，眼眶。

⑮强死：横死，暴死。

⑯意：胸臆，引申为表情。语出贾谊《鵩鸟赋》："口不能言，请对以臆。"

⑰焚剥支离：肢体被烧得残缺不全。支离，分散。

⑱漫漶（huàn）：模糊不清。

⑲圜（yuán）：同"圆"，环绕。

⑳玦（jué）：有缺口的玉环。

㉑积埃填窍：尸体七窍充满泥土灰尘。窍，七窍，指口、鼻、眼、耳七孔。

㉒捌（lì）指：手指折断。失节：脱离了骨节。

㉓狸首：指形体残缺。韩愈《残形操序》："《残形操》，曾子所作。曾子梦一狸，不见其首，而作此曲也。"

㉔聚谁何而同穴：指不知姓名的人被同葬在一个坑穴里。谁何，谁人。

㉕然：同"燃"。一抔（póu）：一掬，一捧。

【译文】

也有会水的、善游泳的人，有着操纵舟船出神入化的本领，虽然也畏惧死丧，但还是冒着生命危险，潜入水中去救人，也被卷入水底，同被淹死。又有人一时找不到避火之地，就跳入急流，明知投水会被淹死，还是跳入险流企图找到活路。却被惊涛骇浪挟裹，好像爬上了浪颠，但终于沉下水去；虽然暂时逃避了被烧烂的痛苦，但最终难免一死。他们心中郁积着悲哀怨气，魂魄不宁而兴妖作怪。十二天以后，死尸漂浮出寒冷的江面，两眼斜瞪着好像还在怒视。死者知道亲人会来吊慰，哀痛得眼睛流血盈眶。似乎在向亲人诉说横死的悲愤心情，口不能说话而以此来表明心意。至于那些被烧死的人，残骸破碎不全，面目焦糊难以辨认。有的尸体蜷曲如圈，有的尸体拗折如块。口鼻眼耳塞满了尘埃，折断的指头脱离了骨节。可叹形体残缺不全，互不相识的人同葬在一个墓穴里。即使收起一捧白骨烧烬的骨灰，也难以分辨究竟是谁的骨灰。唉！悲痛啊！

　　且夫众生乘化，是云天常①，妻孥环之，气绝寝床②。以死卫上，用登明堂③，离而不惩，祀为国殇④。兹也无名，又非其命⑤，天乎何辜，罹此冤横⑥！游魂不归，居人心绝⑦。麦饭壶浆⑧，临江呜咽。日堕天昏，凄凄鬼语⑨。守哭迍邅⑩，心期冥遇⑪。惟血嗣之相依⑫，尚腾哀而属路⑬。或举族之沉波，终狐祥而无主⑭。悲夫！丛冢有坎，泰厉有祀⑮，强饮强食，冯其气类⑯。尚群游之乐，而无为妖祟⑰！

　　人逢其凶也邪？天降其酷也邪？夫何为而至于此极哉！

【注释】

　　①众生乘化，是云天常：指顺应自然而死，是正常的现象。乘化，顺应自然规律而死，指老病而死。陶渊明《悲从弟仲德诗》："翳然乘化去，终天不复行。"

　　②妻孥环之，气绝寝床：此二句与上二句宕开一笔，写善终之人的死亡。妻孥，妻子和儿女。

　　③以死卫上，用登明堂：以生命保卫国君而牺牲的人，因而受到隆重的祭祀。明堂，古代帝王宣政教、行祭典的地方。

　　④离而不惩，祀为国殇：为国捐躯的勇士，被祀奉为烈士。语出《九歌·国殇》："首身离兮心不惩。"不惩，不悔。国殇，为国牺牲的烈士。

　　⑤兹也无名，又非其命：与前面三种死形成对比，这次遇难的人

既无名声，又死于非命。

⑥罹（lí）：遭受。冤横：怨灾横祸。

⑦居人：留存者。指活着的亲人。

⑧麦饭：麦屑做的饭，指粗糙的饭食。壶浆：水酒。

⑨日堕天昏，凄凄鬼语：形容阴惨悲哀的气氛。

⑩迍邅（zhūn zhān）：难行的样子。

⑪冥遇：遇到魂灵。

⑫血嗣：嫡亲的儿孙。

⑬腾哀：高声哀哭。属路：相连于道。

⑭狐祥：同"孤伤"。语出《战国策·楚策》："父子老弱俘虏，相随于路，鬼狐祥而无主。"《史记·春申君传》引作"鬼神孤伤，无所血食。"无主：无人供奉神主，即无人主持祭祀。主，神主，死者的牌位。

⑮丛冢有坎，泰厉有祀：指乱坟有墓，野鬼有祭。是安慰鬼魂的话。坎，墓穴。泰厉，死而无后的鬼。《礼记·祭法》黄侃疏："曰泰厉者，谓古帝王无后者。此鬼无所依归，好为民作祸，故祀之也。"

⑯强饮强食，冯其气类：勉强吃点喝点，凭借着鬼友之间的气味相投而度日。冯，同"凭"，凭借。类，一致，投合。这也是安慰鬼魂的话。

⑰尚群游之乐，而无为妖祟：表示劝勉之词。祭中常用"尚飨"一语，此即仿用之。

【译文】

　　人顺应自然生老病死，这是正常的现象。善终之人被妻子和儿女环绕，在睡床上咽气。为保卫国君而死的勇士，死后可以跻身于明堂而受到祭祀。那些为国牺牲、身首异处而不屈的人，被奉为烈士而受到祭祀。但这次的遇难者却死得没有任何名堂，又是死于非命。老天啊，这些人有什么罪过，要遭受这样的冤屈横死！游荡的冤魂没有归宿，家中亲人悲痛欲绝。亲人们担着麦饭提着水酒，面对江水哭泣呜咽。夕阳西下，天色昏暗，仿佛能听到鬼魂在凄惨地哭诉。亲人守在江边哭泣依依不舍，期望能遇见死去亲人的魂灵。那些死者的亲生儿女相互搀扶着，还在高声哀泣，哭声载道。有的全家都被烧得落水而死，他们的阴灵孤伤无依，没人来祭祀。多么可悲啊！但是，许多人葬在一处的乱坟也有墓穴，死而无后的鬼魂也有人祭祀。你们勉强地多喝点吃点，找些气味相投的鬼相依一处。希望你们喜欢群游的快乐，而不要到人间兴妖作怪。

是这些人该遭受这样的不幸呢？还是老天有意降下残酷的灾难呢？为什么会发生这样悲惨至极的事情啊！